3倍速ドッペルゲンガー

久米絵美里

絵　森川泉

Presented by Emiri Kume & Izumi Morikawa

もくじ

3.0x Doppelganger

あのことだけは、知られたくない。
どうしても、絶対に。

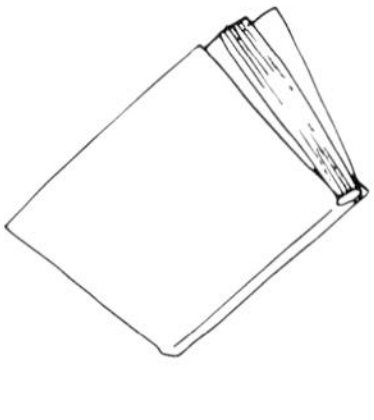

第1話 ドッペル再生社会

「なー、今日の小テスト、何点予定？」

「んあ？　あー、7割」

「まじかー。7割あれば余裕だよなー」

その日。荻原《おぎわら》明人《めいと》は、クラスの隣人たちが唐突にはじめたその会話を、ひとり、自分の席にすわったまま、ぼんやりと聞き流していた。

すると、明人の最寄りの席の彼が、頭をかかえて机につっぷす。

「やー、俺さー、今日のテストの存在、めっちゃ忘れててさー、昨日、寝る前に思い出してドッペル再生したら、まー、びっくり、3割も埋められてなくて。でもほら俺、中間も赤点ギリだったから、今日5割取っとかないと、期末に向けてだいぶ追いつめられんじゃん？　一応、再生中に追い勉したけど、まじで手応えゼロすぎて、こわくて再ドッペルできんかったわ。あー、一夜づけの神さま、どうか俺に力をお与えください……」

と、そのまま謎の神に向かって祈りはじめた隣人を、明人は横目でちらりと見やる。

彼の言うとおり、今日は朝から漢字テストがある。小テストと言いつつその範囲は広く、成績表への影響も大きい。中学の時よりも、成績による留年問題が厳しくなった高校一年生の今、中間テストの成績が芳《かんば》しくなかった彼にとって、今日のテストは決して、軽視できないはずのものだった。にもかかわらず、それを忘れていた彼の迂《う》闊《かつ》さに、ツッコミどころは大いにあったが、彼はそこから起死回生をかけ、一応の努力を試みている。となれば、神さまもそんな彼に、満面の笑みとまではいかずとも、軽いほほえみくらいはなげかけてもよいのではないか。と、明人は他人事《ひとごと》ながら、そこはかとなく彼の幸せを願った。

ドッペル再生。

世の中、便利になったものだと、明人はそこで改めて、そのワードをかみしめる。

それは、明人たちが生まれる少し前に開発された技術で、専用のアプリを使い、スマホなどで自撮りをするように自分をスキャンすると、脳細胞もふくめた「その瞬間の自分」が原子レベルまでデータ化され、アプリに登録される。そのデータの正確さたるや、スキャンした対象の体調や思考までをも端末上で再現可能なほどで、それゆえにその分身データは、開発者の使用言語であるドイツ語で「二重の人」を意味する、「ドッペルゲンガー」という名で呼ばれている。

そして、その分身データは、インターネットを通じて瞬時にほかの人間や社会情勢などの情報と組み合わされ、アプリ上に精巧なパラレルワールドを構築。利用者はそのデータを、動画というかたちで、最高3倍速で視聴することができる。つまり、この通称「ドッペル再生」と呼ばれる機能によって人々は、いつでも誰でも天気予報感覚で、自分の「統計学上最も可能性が高い未来」を、気軽に予測できるようになったのだ。

たとえば、先ほどの明人の最寄りの席の彼を例にあげると、おそらく彼は、昨夜十時頃にテストの存在を思い出し、ひとまず何も勉強をしていない状態の自分をスキャン。そこから3倍速視聴でドッペル再生を開始し、約十時間後のテスト風景を夜中の一時過ぎに知った。ただ、そのドッペル再生中の三時間強の間に彼は、「追い勉」、すなわち「追加の勉強」をしたため、それによって、実際のこれからのテストの結果は変わってくる可能性が高い。しかし彼はその後、勉強後の自分を再びスキャンし、もう一度ドッペル再生をすることはしなかったらしく、今、彼の未来はまさに、「神のみぞ知る」状態だ。

と、彼の結果はともかく、このように今や世間では、テストでもなんでも、事前にドッペル再生で結果を予測しておくことが常識となっている。

ただ、このドッペル再生によって表示される範囲は、分身データの「視界」に限られ、一度に再生できるデータは、ひとりひとつまで。また、システムの都合上、ドッペル再生内で自分が視聴しているドッペル動画は表示されず、そしてもちろん、全世界の人間が、常に最新の自分の情報を登録しているわけではないため、予測がはずれることもある。しかし、仮に教師がテスト問題作成後に、自分のデータをドッペルアプリにアップデートしなかったとしても、アプリは、教師が最後に登録したデータから、教師がつくりそうな問題を予測し、それに基づいて生徒たちの成績予測をはじき出す。そのため、実際のテスト問題が、ドッペル再生の予測から変わったとしても、何割点数が取れるかという部分の予測が大きくはずれることはあまりなかった。

　ただ、先ほどの彼のように、追い勉によって未来を改善することは可能であり、その結果、分身世界と現実世界のデータに違いが生じて、ほかの人間の未来も多少変わることは多々《たた》ある。しかし、このようないくつかの難点を差し引いても、「だいたいの未来を、いつでも気軽に予測できる」というドッペル再生の機能は誰の目にも魅力的にうつり、今や世界中のほとんどの人々が、なにかにつけてドッペル再生をおこなっていた。そして、その利用者数と利用頻度の高さが、データの精度をさらに上げ、ドッペル再生の未来予測は、今、日に日に正確性を増していっている。

　そんな世の中で、彼の追い勉は、未来をどれほど変えることができるのか。盗み聞きの身分ながら、明人はその結果が気になったが、そこで急に、ふっ、と明人のすわっていた席の前に影が落ち、明人の意識はそちらに引っぱられた。

　するとそこにはあろうことか、クラス一のインフルエンサー、河野有空《こうのありあ》が立っていて、ただでさえぼうっとしていた中、普段まったく関わりのない有空が、急に目の前に現れて、明人は面食《めんく》らう。

　しかし、有空は明人のそんな反応をものともせず、明人の机に手をつくと、軽く体をかたむけながら、明人をまっすぐに見て、言った。

「ねえ、明人くん。ドッキン、しない？」

有空の言葉を受けて、明人はかたまる。

いや、正確には、

「ど、っきん？」

と、これまで一度も話したことのないそのクラスメートが発した謎の言葉の音を、まぬけになぞることだけはした。

すると有空は、小さな白いこぶしを自身の桜色の唇に当てて、くすくすと笑う。細くて長い黒髪が、それに合わせてかすかにふるえた。

「そー。ドッペル再生禁止、略してドッ禁！　夏休みに、一緒にいかが？」

やたらと楽しそうな有空に対し、明人はぎょっとする。

「えーっと？　なんで、俺？」

すると、有空はまた笑った。

「ふふっ、だよね。ごめん、突然。実は、言い出したの矢野《やの》っちなんだけど、せっかくなら、クラスのいろんなタイプの人と、企画っぽくしたいねーって話になって。何人か集めて、誰がいちばん長くドッ禁できるか競ったら楽しそうってなったの。で、明人くん、なんか雰囲気、いい感じだから、突撃お誘いしちゃいました」

そう言って有空はまた、自身がまとっている元素をすべて味方につけるかのように、かろやかに笑って空気をゆらす。この、すみずみまで計算しつくされているようで自然な有空の笑顔は、きっと老若男女《ろうにゃくなんにょ》を魅了してやまないのだろう。

と、頭の端では感じながら、明人のメイン思考は、ちがうとっかかりに手をつける。

「矢野、解《かい》か」

納得するように明人が確認したその名前の主は、クラスのムードメーカー男子。制服を適度に着くずし、髪色も明るい彼の身長は、平均には少し届かず、顔も特別整っているわけではない。しかし、彼からはじけ出ているその華やかな雰囲気は、彼の定位置を、常にクラスの明るい場所に固定していた。とはいえ、リーダーシップやカリスマ性という言葉よりは、お調子者という肩書きの方がよく似合う彼は、教師やクラスの面々《めんめん》から、その騒々《そうぞう》しさを本気でたしなめられることも少なくない。つまり、矢野解という人物は、ことなかれ主義の明人には、あまり接点のない人物だった。

有空とてそうだ。有空は入学当初から、爪の先までさわやかで、その完成度たるや、世界は常に彼女に清風を向けるように仕組まれているのではないかと勘ぐってしまうほど。派手なメイクや凝った髪型を駆使しているわけでもないにもかかわらず、有空はいつも、きらきらと輝いていて、笑顔を絶やさず、分けへだてなく人に接する性格は、万人に愛されている。スカート丈もほどほどで教師受けもよい一方で、成績は目立つ方ではなく、日常生活の言動もほどよくぬけていて嫌味がない。ゆえに、学級委員ではないものの、有空の鶴の一声で、クラスの風向きが変わることは多々《たた》あった。そんな有空だからか、SNSのフォロワー数は、世間一般から見てもかなり多い方らしく、ただ、そのSNSにほぼ関与していない明人にとっては、有空もまた、接点のない人間だった。

それで明人は、かしげた首の先に、さらに疑問をつなげる。

「ほかに、誰に声、かけてんの?」

「えっとね、琴子《ことこ》ちゃんと、六反田《ろくたんだ》くん! ふたりとも、もうOKもらってて、まあ、五人くらいがいいかなってことで、明人くんがOKだったら、募集終わり! どうです、旦那、最後のひと枠ですぜ?」

「意外。ふたりとも、あんまそういうの乗ってこなそうなのに」

「ところがどっこい、ふたりとも勉強になりそうって、めっちゃ乗り気」

「それは、めっちゃところがどっこいだね」

有空の言葉をなぞりながら、明人は新たに登場したふたつの名前を、頭の中で実像に結びつける。

鮫島《さめじま》琴子。毛量の多い黒髪をボリュームのある三つ編みおさげにし、縁のある丸眼鏡をかけている彼女は、一見、学級委員タイプのようだが、意外にとんがった性格をしていて、うとまれることが多い。異様な読書家らしく、古今東西の雑学に通じているがゆえに、主に文系の授業で、時に急に手をあげ、教師のミスを指摘したり、教師の主張を跳ねかえそうと早口で論破したりする。

六反田尚弥《なおや》。逆に彼ほど見た目と中身のギャップが小さい人物はいない。細身の長身に、手入れのしやすそうな黒い短髪。オシャレよりも実用性にふりきった眼鏡をかけた彼は口数の少ない合理主義者で、答えがすっきりと出やすい数学などの理系科目を、クイズ感覚で楽しむことができるタイプらしい。

つまり、ふたりとも眼鏡はかけているものの、性格は大いに異なる。

そして、ちなみに明人は眼鏡をかけていない。

だから明人は、言った。

「すごい。みごとな人選だね」

「でしょー。キャラかぶりゼロ！　でもだからこそ、我々《われわれ》には明人様が必要なのです。明人様あってこその、完全体です。だから、ね！　お願い！」

と、有空が顔の前で両手を合わせて、明人に大げさに頼みこむ。クラスきってのインフルエンサーに立ったまま頭を下げられて、すわったままの明人はひどく居心地が悪かった。

だから、「ダメ?」と、有空が眉の端を下げると、明人は言った。

「いや、いいよ。やる」

第2話 ▼ドウキ紹介

「えー、皆様、本日はお足元の悪い中、お集まりくださり、誠にありがとうございます。わたくし、本日司会を務めさせていただきます、矢野《やの》、解《かい》。矢野解でございます」

七月の期末テストも終わり、あとは夏休みを待つばかりとなったある日の放課後。有空《ありあ》が先日、明人《めいと》に持ちかけたドッ禁ゲームの参加者五人が、空き教室に集《つど》った。

発起人は矢野で、招集の声は、有空が事前に作成したグループトークでかけられた。

そして、この企画の言い出しっぺであるという矢野は、当然、今日も司会役を買って出て、教壇の上でいつもの調子で弁をふるっている。ただいつもとちがい、矢野の視線と言葉は、教室に集まった面々《めんめん》にではなく、手の中のスマホに向けられていた。

有空は、そんな矢野の目の前の席にすわり、にこにこと笑って矢野を見上げている。

そこから少し離れた窓際《まどぎわ》の端には、琴子《ことこ》。逆側の廊下側の端には六反田《ろくたんだ》。そして明人は、いちばんうしろの席にすわっていた。

するとそこでさっそく、上機嫌で話を続けていた矢野を、六反田がさえぎる。

「御託《ごたく》はいいよ。言ったろ。俺がこの企画に乗ったのは、自分の力試しのため。それだけだ。今日は、そのことをほかのやつらにも伝えるため、一応礼儀として来たけど、今後はこういうオフラインの集まりには来ないから。なんかあったら、メッセージなげといてもらえたら確認はする。以上」

そう言って六反田は、鞄《かばん》を肩にかつぎなら立ち上がる。

すると、教室の逆の端から声が飛んだ。

「ちょーっと待ってください。力試し、とは？　その説明をするのが今日の目的というならば、そのあたり、もう少し私たちに内容を開示してから退場するのが筋というものではないでしょうか」

早口でそうまくしたてたのは琴子で、まるい眼鏡にそうように、大きく見ひらかれたその瞳は、六反田を興味深そうに見つめている。手には昔の探偵が持っていそうなレトロなデザインの革カバーの手帳を持っており、琴子は先ほどから、それになにやら忙《せわ》しなくメモをとっていた。

そんな琴子に六反田は、面倒くさそうにふりかえり、ため息をつきつつうなずく。

「それはそうだ。その説明なら二分で済む。俺は大学受験に向けて、これからの高校生活、全国模試でなるべく常に上位に入りたい。で、これまではドッペル再生で、結果を確認しながら勉強量を調整して模試に臨んでたけど、このやり方と、結果予測を見ずに限界まで勉強をするやり方、どっちの方が効率的にいい結果を残せるか、高一のうちに試しておきたくて、今回の企画に乗った。ひとりでももちろん実行可能だけど、監視の目があることで、より抑止力が働くんじゃないかと思って、利用させてもらうことにした。本当、それだけなんで、よろしく」

そう言い終えると、六反田は鞄をかつぎなおす。二分とかからなかったその説明に、明人はひとり、静かに納得した。

六反田のような人間であれば、矢野の悪ふざけのようなこの企画を、くだらないと一笑にふす気がしていたが、なるほど、そういう理由があったか。

そして、琴子も同じように納得したようで、六反田の話を「ほうほう」とどこかうれしそうに聞きながら、手帳にさらに何かを書きこんでいる。しかし、書き終わった

琴子が、「私はですね」と、口にしたところで六反田は、

「あ、俺、別に他人の理由には興味ないんで。じゃ、俺はこれで」

と、本当にさっさと教室をあとにしてしまった。言葉の着地場所を奪われた琴子は、若干頬を引きつらせながら、しかたなく明人の方を向く。

「私は、単純に学術的興味です。生まれた時からドッペル再生があたりまえにあって、ドッペルネイティブ世代とも言われている我々《われわれ》が、ドッペル再生を禁止されたらどうなるのか。それを知りたくて参加しました。夏休みの自由研究、という歳でもないですが、そのつもりで皆様のことをしっかり観察させていただきますので、よろしく」

すると、先ほどから一部始終をスマホで撮り続けていた矢野が、それに続く。

「俺も似た感じー！　俺、動画編集とかに興味あるんで、この企画を最終的にはいい感じの動画にまとめられればなーって思ってまーす」

いえーいとスマホのカメラに顔を近づけた矢野に、有空が声をかぶせる。

「はいはーい！　私もドッ禁、肝試しみたいで楽しそうなので、参加しまーす！」

そんなふたりを、琴子はあきれた表情で見やって、首をふる。

「や、俺も私もって、そんな適当な理由と私の学術的好奇心をいっしょにしないでく

ださい。ふたりとも、ノリで生きすぎですよ」

そして琴子の視線は、その後当然、自然と明人に向けられる。

「で？　荻原《おぎわら》くんは？」

それで明人は、一拍おいて答えた。

「……俺も−。俺、超肝試しフリーク」

すると琴子は、遠慮なく明人に蔑《さげす》んだ目を向ける。

メモは、とらなかった。

それで明人は、首のうしろをかきながらたずねる。

「でも、ドッペル再生してないかどうかって、どうやって調べんの？　自己申告？　それか、再生履歴を定期的にスクショして送るとか？　スクショだと結構、簡単に改ざんできちゃいそうだけど」

そうたずねた明人に、矢野は嬉々《きき》として答える。

「そこなんですよ！　そこもね、エンタメにしちゃおうじゃないかと！　夏休みさ、定期的に連絡取り合って、こうやって会ってしゃべって、互いに仕掛け合って見ぬき合うわけ。ドッペル再生してなきゃ答えられないような質問とかしれっとしてさ、答えられちゃったら、はいダウトーみたいな。だから究極、バレなきゃOKなとこあんだけど、そこもスリルあって楽しいじゃん？　と、これはそういうゲームなのです！」

明人に向いていた矢野の視線が、結局最後にはスマホに向く。

それで明人は一度天井を見上げ、矢野のルール説明を自分なりにゆっくりと消化すると、首をかしげて矢野に視線を戻した。

「そううまくいくかね。ドッペル再生してなきゃ答えられない質問なんて、俺、一個も思い浮かばないんだけど。六反田にいたっては、そういうの、参加する気すらなさそうだし」

肩をすくめた明人に、有空が最前列の席から明人の方にふりむきながら提案する。

「賞品とか罰ゲームとかは？　そういうのがあれば、やる気出るかな？」

すると、明人に向けられた有空のその言葉に、矢野の方がいち早く反応する。

「うおー、いいじゃん、それ！　つくろ！　なんだろ、明人、なにがいい？」

「突然呼び捨てかい」

「いいじゃん、俺も解でいいし。もう俺ら、ドッ禁仲間じゃん」

「や、主催者は矢野なんだから、そこはそっちで決めてもらわないと」

「頑《かたく》なな矢野呼び……！　えー、有空、どーするー？」

矢野は、あっさりと会話を流していく明人に、軽く演技がかったノリを返しながら、最終的には、元々《もともと》仲がよいと思われる有空に、声を素に戻してたずねる。有空はその問いかけに、のんびりと首をかしげながら答えを探した。

「んー、お金っていうのもなんだし、物は、こんだけみんなキャラちがうと、ほしいもの、全然ちがうだろうしねぇ」

「優勝者決まったら、みんなで千円ずつ出し合って、そいつのほしいもん買うとか？」

「それだともはや賞金だしねぇ。なんかもっとこう、プライスレスな……」

「かたたたき券！」

「もう一声！」

「なんでもいうこと聞く券！」

「それでいきましょう！」

と、矢野と有空のノリが、リズムよく着地する。

するとそこへ、琴子から矢が飛んできた。

「あやしいですね」

琴子は、矢野、有空、明人の視線が琴子に集まるのを待つと、メモ帳で顔の半分を隠しながら、芝居がかった調子で矢野と有空を交互に見る。

「え、なに？」

と、矢野が少し眉をひそめると、琴子は言った。

「今のやりとり……。わざと我々《われわれ》の前で考えるふりをして見せただけで、実は最初から賞品はそれと決まっていたんじゃないですか？　ふたりのどちらかは、実はすでにドッペル再生で、どちらかが優勝することを知っていて、その『なんでもいうこと聞く券』を使って我々を利用しようとしている……。それが、そもそもこのゲームをはじめた本当の理由なのでは？」

するとと矢野は、自分のことを言われているとは思えない純粋さで目をまるくする。

「マジかよ……！　はじまる前から物語クライマックスじゃん……！」

それで有空も息をのむ。

「え、嘘《うそ》でしょ、矢野っち……！　信じてたのに！　嘘だと言って！」

すると矢野は、あわてて首をふった。

「や、もちろん、んなはずないでしょ。この企画の結果知るために、ドッペル再生するとか、どんだけ時間かかんのよ。いつまで続くかもわかんない企画のために、ぼーっとドッペル見てらんないし」

そう。ドッペル再生にはスキップ機能がないため、仮にこのゲームが一か月間続くとすると、３倍速視聴しても、結果を知るまでには、約二四〇時間、つまり十日間はかかる。加えてドッペル再生は、必要データ量があまりにすさまじいことから、再生した瞬間に、再生し終わったデータがサーバーから即削除される仕組みとなっており、巻き戻して再生することはできない。そのため、テストやスポーツの大会などどちらがい、いつ結果がわかるかわからないものの未来を予測するためには、ドッペル再生を常に見張っておかなければならず、それは到底、常人にできる作業ではなかった。

と、明人がのんびりと頭の中で計算していると、有空は、矢野の必死の弁明を受け、琴子の方にぱっとふりかえる。

「確かに！　ということで、我々は潔白です、琴子ちゃん！」

すると琴子は、ふむ、と考えるそぶりを見せたのち、明人の方にふりかえった。

「どうでしょう、荻原氏。これは、おそらくこういう感じで、互いに指摘をし合うことが想定される、非常にロジカルなゲームです」

それで明人は、肩をすくめる。

「や、俺はなんでもいいよ。みんながいいならそれで」

「よーっし！　じゃあ、整理ね。ドッ禁開始は、終業式終わった瞬間から！　そっからはグルチャとかこういうリアル招集とかで、今の琴子っちみたいにいきなり推理ショーはじめたり、カマかけたりし合お。で、推理で追いつめられて反論できなくなったら、再生履歴見せる。スクショじゃなくて、直で」

言いながら矢野は、自分の発言をそのままスマホに打ち込み、それをグループトークでシェアする。これで、この内容は六反田にも伝わるはずだ。

有空はうれしそうに自分のスマホでそれをながめると、顔をほころばせた。

「いいね、いいね、めっちゃ楽しみ！」

第3話 投稿と熟考

aria_dayo0517

実はっ！
今日から、「ドッ禁（ドッペル再生禁止の意。）」はじめました－！
リア友5人のうち、誰が最後までドッ禁できるか!?
これは負けられない戦いだー！
とか言いつつ、すでにもうドキドキ。炎上したらごめん笑終業式の日。家に帰ると明人《めいと》は、自室のベッドに寝ころび、有空《ありあ》のその、ＳＮＳへの投稿をながめた。そこには、すでに多くの「いいね」とコメントがついている。

ドッ禁とかｗウケるｗｗ
え、マジ⁉　大丈夫なん、それ？
ありあちゃん、かわいい
ありあちゃんなら、ドッペルなしでも炎上なんてしないよー！
えー、ドッペルなしとか絶対無理ー。経過報告求むー！
え、アリアやるなら、あたしもやるー！　てか、声かけてほしかったあ
コメントを追加

明人はそれらのコメントを流し見すると、軽くうなずく。

なるほど、と思った。

明人はＳＮＳに投稿をしないため、考えたこともなかったが、投稿内容からしてこれまで有空は、何かを投稿する時はいつも、投稿する直前にドッペル再生をして、自

分の投稿が炎上しないかどうか確かめていたのだろう。そして続くコメントから察するに、それは決して有空特有の行動ではなく、SNSに投稿する側の人間にとっては、あたりまえの感覚らしい。

確かに有空ほどフォロワーがいる人間であれば、投稿する際、何時間もドッペル再生をして数日分の反応を見ずとも、数十分ドッペル再生をし、一、二時間後を観測するだけで、少なくとも一定数のフォロワーの反応がわかる。それで炎上していなければ、安心して本当に投稿できるのだろう。

そう、ドッペル再生は、多くの場合、目的を持って行われる。その利用方法は人それぞれで、例えば六反田《ろくたんだ》のように、模試の結果を知ることを主目的にしている人間であれば、勉強をしながら、そのかたわらでドッペル再生を流しておき、ドッペル再生内で模試の結果が公開される時間にアラームをかけ、その時間のみドッペル再生を等倍速に戻し、結果を確認。結果次第で自分の勉強量やスタイルを見なおし、変更が生じた時点で自分を再スキャンし、またドッペル再生をはじめる。それをくりかえすことで、自分にとって最適な勉強法を模索していくのだろう。

有空のように、自分のSNSの投稿への反応を都度知りたいタイプは、より頻繁に自分をスキャンしなおし、投稿内容を微調整して、最善の投稿を目指しているだろうし、矢野《やの》のような日和見《ひよりみ》主義者は、何か事件や不安が生じると、ネット検索でわからないことを調べるように、不定期にドッペル再生をしているにちがいない。

というのも、ドッペル再生は並行しては行えず、A、B、C、三パターンの自分を用意して、どの自分ならうまくいくかを同時に試すことはできない。ドッペル再生には、膨大な量のデータの計算が必要となるため、今現在の技術では、人間ひとりにつき、一コピーしかドッペルデータをサーバーに保存することができないのだ。ゆえに、自分の一挙一動を事前にドッペル再生で試しておくことは不可能であり、だからこそ、自分のどの行動をドッペル再生にかけるか、その選択こそが人生のセンスに直結する。そして、ドッペルアプリは、脳細胞までスキャンすることで利用者の思考を読み取り、行動を予測するため、ドッペル再生で自分の特定の行動の結果を知りたい場合は、その行動を実行することを、スキャン時に強く決意しておく必要がある。そこで少しでもまよいが生じていると、アプリはその臆病度合いまでをも読み取ってしまうため、決意したつもりでドッペル再生をしても、再生動画内で自分がその行動をとっていないというケースも生じてしまうことがあった。

選択のセンスと、強い決意。それこそが、ドッペル再生をうまく使うための肝。そういう感覚が、現代人には深く浸透していて、成功者たちの、『私はこの時、ドッペル再生した』というようなタイトルの体験記は、常時ベストセラーの欄にならんでいる。

そして政府もまた国民に、ドッペルアプリに頻繁にアクセスし、なるべく最新の自分をアプリに保存しておくことを推奨している。それによってドッペル再生の正確性を高めたいというねらいもあるが、なにせ、別目的でドッペル再生をしていたところ、そこでたまたま盗難事件やテロ行為などの犯罪を目撃し、未然に事件が防がれたという報告もある。交通事故や災害などが予測され、命が守られた例もあり、ドッペル再生は防犯や救命にも役立っているのだ。

そんな中で、矢野が言い出したドッペル再生禁止ゲーム。はたしてそれは、どんな結末を迎えるのだろう。予想できない未来に思いを馳《は》せながら、明人はベッドの上に寝ころんだまま目をつむる。そして、ふーっと、細いため息をつくと、

「ドッ禁、か」

と、改めてそのパワーワードをつぶやいた。

そして、眉をひそめる。

そう、昨今さまざまな議論を呼んではいるものの、ドッペル再生に利点は多い。ドッペル再生を要領よく使うことで、時間に限りのある人生をできるかぎり謳歌《おうか》する、それこそが、現代の若者たちの使命であり、ドッ禁なんて社会倫理に反している。こんなゲーム、早くやめさせた方がいいのかもしれない。

明人は、ぱっと目を開けるとつぶやいた。

「仕掛けるか」

荻原明人《おぎわら》　皆様、調子はいかがですか
YANOかーい　え、びっくり　めいちゃんから、話題切り出すとか
荻原明人　誰だよ、めいちゃん
YANOかーい　や、明人くん、キャラ弱いから国民的妹っぽくしようかと
荻原明人　余計なお世話すぎる
ありあ　めいちゃ〜〜〜んw

KTK　それで？　めいちゃんこそ調子はどうですか。ドッペル再生したくなったから、我々《われわれ》のことを思い出してこちらに参上した、というのがいちばん有力な心理かと思うのですが。

YANOかーい　出たな、KTK　今日から・楽しい・琴子《ことこ》タイム、略してKTK！

KTK　そういうギャグにしたいなら、名前を入れ込むのは反則でしょう。最後のKはきちんとオチとなる意外なワードを選ぶべきです。お笑いは緩急命。でも、おかげでわかりました。矢野くんは、ちゃんとドッ禁中ですね。ドッペル再生していたら、そんなスベりギャグは送らないですもんね。

YANOかーい　ねえ、泣いていい？

ありあ　私、本当、琴子ちゃんツボなんだよね　おもしろすぎ！

YANOかーい　えー、俺、KTKよりギャグセン低いのー？　てか、KTK、お笑い語れんの？　本しか読まないいんじゃないの？

KTK　私、家系なんで。

YANOかーい　いえけー？　え、ラーメンの話？　あ、インドア派ってこと？

KTK　いえ、読書家・努力家・愛猫家《あいびょうか》です。好奇心強めなので、流行《はや》りのものや気になったものについて勉強することに、努力は惜しみません。お笑いにも一時期、ハマりました。

YANOかーい　え、まって、ツッコミどころ多くない？　どれにしよ　えー、なんやそれ、友情・努力・勝利みたいやないかーい！

ありあ　や、ネコがいちばんのツッコミどころなんじゃにゃいんかーい！

YANOかーい　うあー、そっちかーい　まちがえたー泣　助けて猫型ドッペルー　人生、3倍速で巻き戻ししたいー泣泣泣

KTK　ちがいますよ、おふたりとも。ここは「じゃあ三つ目は、勉強家でええやないかーい」として、私から「いえ、勉強家は六反田くんがいますので」というセリフを引き出し、「そういえば、六反田くん元気かな。勉強の調子は？」など、このゲームで存在感を消そうとしている六反田くんに注意を向ける会話に流れをつなげるべきです。

ありあ　そういえば、六反田くん元気かな。勉強の調子は？
YANOかーい　いや、有空の順応力
KTK　本当に。六反田くんも河野《こうの》さんを見習うべきです。六反田くんがこのような低俗な会話に価値を見出《みいだ》さないタイプであることは想像できますが、多少は彼らに合わせて会話をしないと、ゲームに参加している意味がありません。まがりなりにも、このゲームに学力向上の効果を期待しているのであれば、最低限の参加はしなければ。
YANOかーい　え、俺、低俗？
ありあ　低俗
YANOかーい　低俗、家ーい！
ありあ　あ、家系だ！
荻原明人　六反田、通知、オフってるんじゃね
KTK　ありえますね。その場合、このままここで会話を続けると、あ

とで六反田くんが見返した際、未読がたまりすぎて、メッセージを見落とす恐れがあります。ここらへんでやめておきましょうか。

ありあ えー、もっとおしゃべりしようよー　ドッペル再生しないと思ったより暇だし、落ちつかなくない？　六反田くんには、あとでさっきの琴子ちゃんのメッセージをメンションで飛ばしておけば大丈夫だよ！

KTK まあ、それはそうですが……。確かに、ドッペル再生しなくなった分、その時間で、皆さんが何をしているのかは気になります。河野さんは、さしずめSNSパトロールですか？

ありあ うーん、それがなんかドッ禁してると、自然と見る時間減るんだよね　みんなの投稿見てると私もコメントしたくなるけど、え、待って、私、このコメント、ドッペルかけないでいける？　いけない？　って、もんもんとしてると、タイミング逃してコメントしづらくなるし、今までコメントもしてたのに、急にいいねだけは変かなとかいろいろ考えてたら疲れちゃって

KTK　おんなじ感じで、友だちとメッセージやりとりするのも、ドッペルないと思ったより緊張して無理なんだよね　なんか変なこと言って傷つけちゃいそうでこわくて
KTK　なるほど。でも、このメンバーだと元々《もともと》大して思い入れのある人間もいないゆえに、傷つけることを気にせずのびのび発言できると。
ありあ　えへ
YANOかーい　ねえねえ、俺にも聞いてー　俺もさー、時間できたから、今、超大作つくってんの！
Naoya.R　ごめん、俺、六反田だけど、俺、もうここぬけるわ。
ありあ　え？
KTK　詳しく。
Naoya.R　やっぱりドッペルなしで勉強すんの効率悪いから、さっき、ドッペル再生した。だから、もうぬける。

第4話

▼第一脱落者の憂鬱《ゆう》《うつ》

六反田《ろくたんだ》が、ドッペル再生をした。

そのあまりにも早く、あまりにもさらりとした脱落の報告に、先ほどまでテンポよく進んでいたグループトークの会話は、ぴたりと止まる。しかし、このまま誰も発言せずにいると、六反田の場合、容赦《ようしゃ》なくさっさとトークルームから退室してしまう可能性が高い。そう思ったのか、矢野《やの》が、あわてたようすでメッセージを送った。

YANOかーい　え、それ、まじのやつ？　はったりとかじゃなくて？

　すると六反田から、ドッペル再生の履歴のスクリーンショットが送られてくる。見ればそこには確かに、つい数時間前にドッペル再生を開始した記録が記されていた。

YANOかーい　えーっと、このスクショが加工されている可能性は？
KTK　低いでしょうね。元々《もともと》、我々《われわれ》との交流に積極的ではなかった六反田くんが、そんな手間をかけるとは思えません。
ありあ　最初から全部演技だったとかは？　本当はあの無表情仮面の下で、めっちゃうきうきだったけど、みんなから疑われないために、クールぶってたとか
Naoya.R　ないよ。そんな暇じゃない。この前言ったとおり、俺はただ、ドッペル再生断ちして勉強に集中した方が、次の模試でいい結果が出せるんじゃないかと思って参加しただけ。でも実際やってみたら、目標設定もしにくいし、常に無駄な追い勉してるような気分になってモチベも上がらないし、このやり方は絶対、効率

的じゃないと確信した。だから俺は、ドッペル再生断ちはとっとと切り上げて、元のスタイルに戻る。以上。邪魔して悪かったな。

と、六反田は、一気に長文を送信すると、先日、教室をあっという間に去っていった時のように、こちらの言い分は聞かずに退室してしまう。

Naoya.Rさんが退室しました

「退室した」という文言に反して、その一文はしばらくの間、スマホの画面上でやけに存在感を放ち続けた。

六反田でなくとも、自分の学力が目標点を超えられるレベルに達しているかどうか確認するために、ドッペル再生をする学生は多い。実際のテスト結果を知るには、長くドッペル再生をする必要があり、タイミングの計算もややこしいが、例えば数時間後に過去問を解く、と自分で予定を決めてドッペル再生をし、その自己採点の結果次第で、さらに勉強をすべきか、勉強を切り上げるか決めることはできる。ドッペル再生で、赤点回避確実、8割正解は堅いなど、すでに目標達成が可能だと結果が出ているにもかかわらず追い勉をすることは、今の学生にとっては無駄でしかない。もしかすると六反田は、最近成績が思うようにふるわず、現状打破のためにドッ禁に参加してみたものの、想像以上の効率の悪さにいらだち、あっという間の脱落へと舵《かじ》を切ったのかもしれない。

と、ほかのメンバーもそう考えたのだろうか。六反田が退室したという事実に、やがてメンバーは、思ったよりも冷静に対処しはじめた。

KTK　本当に退室したということは、本当に本当だったということでまちがいなさそうですね。

YANOかーい　やー、それにしても早すぎね？
まだトータル一日経ってない中、脱落かい

ありあ　でもわかる　落ちつかないもんね、ドッペルしてないと
私は別にSNS見ても見なくても、それでどうにかなるわけ
じゃないけど、六反田くんの場合は、模試っていう明確な目標
があるわけだし

KTK　そうですね。まあ、試験勉強というタイプの勉強においては、
ドッペル再生は相性がよいという結果が得られたということで
しょうか。

YANOかーい　まじかー　ま、いっか、早すぎ脱落エピもツッコミがいあって
一山つくれそーだし

どうやら琴子《ことこ》も矢野も、当初宣言していた自分の目的にそって、六反田の脱落を解釈、消化したらしい。琴子は学術的研究のため、矢野はバズる動画作成のために、「六

反田の脱退」という事実を、自分好みに味つけしている。

ただ、有空《ありあ》の目的はなんだったか。

ありあ　でも、今日もう一人脱落とかはやめよーね？　その天丼はおもしろくないいし、その流れつくっちゃうと、一週間たたずにみんないなくなりそうで、楽しくなくなっちゃう

そう、有空の目的は肝試し的娯楽。

ほかのメンバーに比べて、大したものではないにしろ、要は刺激がほしいのだろう。

確かにこのまま、特に山もなく、ずるずるとゲームが終わってしまっては、本人もつまらないし、有空の報告を待っている有空のフォロワーにも面目ない。

すると矢野は、ここぞとばかりに文字の上で高らかにさけんだ。

YANOかーい
だいじょーぶ！　世界で最後の一人になったとしても、俺は生き残る！　今、俺、ほんと、超大作つくってて、ドッペル再生したいとか思う暇すらないわけ　だから、ごめん、俺の優勝はほぼ確です

煽《あお》るような矢野の言葉に、琴子も明人《めいと》も特に反応はしない。
ただ有空だけ、〈いえーい〉と、言った。

第5話 家《いえ》系《けい》企画

KTK　講演会をしましょうか。

はじまりは、琴子《ことこ》のその言葉だった。

六反田《ろくたんだ》の脱退から数日が経ったある日、グループトークにて、琴子が急にそう切り出し、ほかのメンバーはわいた。

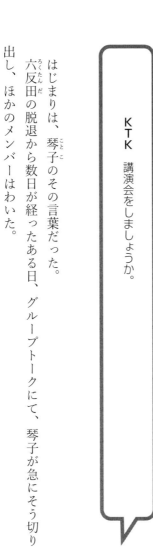

YANOかーい　え、なんそれ

ありあ　講演会って、琴子ちゃんの？

KTK　はい。まあ正直、名目はなんでもいいのですが、このままここでグループトークをだらだら続けて夏休みが終わるなんて、あまりにもったいないです。ここはリアルイベントの立ち上げ時。皆さんの現状を、この目でしかと確かめさせてください。

ありあ　わーい！　そうだね、会おう会おう！

KTK　賛同いただけてよかったです

ありあ　でも、講演会って何話すの？　私、ついてけるかなー

KTK　大したことではありません。せっかくなので、ドッペル再生のこれまでの歴史、仕組み、現在社会で議論を呼んでいるドッペル再生の是非についてなどを簡単にまとめてお話しする予定です。まあ、それは建前で、それについて皆さんから意見や体験談を募《つの》ることで、ドッ禁中の皆さんの現在の心情を知りたいというのが本音です。

ありあ　よくわかんないけど、楽しそー！　どこでやるー？

ＫＴＫ　よろしければ、我が家へどうぞ。両親共働きで不在にしがち、きょうだいもいませんので、お気づかいなく。

ありあ　なにその設定！　少女漫画すぎる！　めっちゃいい！

ＹＡＮＯかーい　ふっふっふ

ＫＴＫ　どうしました？　という問いかけ待ちの発言は面倒なのでやめてください、矢野《やの》くん。

ＹＡＮＯかーい　すんません

ありあ　で、どうしました？

ＹＡＮＯかーい　やー、この機会を待っていた！　ＫＴＫ独演会するなら、俺もその日、上映会していいー？　ほら、俺、超大作つくってるって言ったじゃん　それさ、見るだけであなたのドッペル再生依存度がわかるスーパースペクタクルミラクル動画なんよ

ＫＴＫ　ほう。

ありあ　ほうほう

YANOかーい　や、もっと興味持って

ありあ　ごめんwや、まじめに気になる！　矢野っち、本当に動画とかつくれるんだ⁉

YANOかーい　わかるよ、有空《ありあ》　俺が口だけっぽいキャラなのは　でももうちょい信用して　俺、これに関してはマジだから

ありあ　え、めっちゃ楽しみなんだけど！　わーい、いつにする？？

KTK　いつでもいいですよ。

YANOかーい　え、待って、俺の動画、マジ超大作だから、まだできてないんだけど

ありあ　じゃあ、みんなで予定決めて、そこ、矢野っちの〆切《しめきり》にしちゃおー

YANOかーい　うおー、まじか！　〆切とか！　しびれるワードやー！

そう言いながら、矢野はあっというまにスケジューラーを立ち上げ、グループトークの参加者が記入できるよう設定する。そして、

YANOかーい　そこで傍観《ぼうかん》してるめいちゃんも、ちゃんと予定入れてね

と、きちんと明人《めいと》に釘《くぎ》をさすことも忘れなかった。

ドッペル再生を禁止された面々《めんめん》はよほど暇なのか、あっという間に、ＫＴＫ独演会もとい講演会、そして矢野の超大作上映会の日は、八月の十六日に決定する。

そして、その理由について、結局グループトークで特に発言をしなかった明人は、会話を読みなおすと、ひとり納得をした。

みな、冷静を装《よそお》い、軽口をたたいているように見えて、実際は思ったよりも落ちつかない日々《ひび》を過ごしているのかもしれない。日常にしみこんでいたドッペル再生がなくなり、安全装置をはずされた日常は、常に緊張の連続――かと思いきや、夏休みと

いうこともあり、思ったよりドッペル再生なしで生活できている。ただ、六反田がすぐに脱落したことで、勉強という日常を過ごしたままでいる六反田にとっては、ドッ禁が難度の高いものであったことを思い知り、来《きた》る自分の限界におびえながら、同時にその刺激を欲《ほっ》してもいる。だらだら淡い緊張感を味わうよりは、このゲーム自体を早送りして、早く結果を味わってしまいたい。そんな気持ちが、琴子を講演会主催に、矢野を熱心な動画制作に、有空をそのふたりにとって気持ちのよい賛同者に走らせたにちがいない。

　未来の確証がないまま、何もしていない時間を過ごすということは、ドッペル再生社会を生きる人間にとって、とても心地の悪いもの。その証拠に、八月十六日になにかしらの結果が得られるという安心を手に入れてからは、ドッ禁グループトークでのふわふわとした会話はなくなり、明人はなにごともなかったかのように夏休み前半を過ごした。

　その間、有空は毎日一回だけドッ禁期間を数える投稿をしている。

aria_dayo0517

ドッ禁10日突破ー！　何度ももうほんと無理ってなってるけど、
夏休みだから意外になんとかなってる説……。
でもそろそろなんかやらかすかもー！
先に謝る！　ごめんなさい！

そして、十六日になった。

第6話 ▼KTK講演会

「やー、こんな豪邸で上映会させていただけるとは……。まーじで意外とやりがいのマリアージュだわ」

その日。明人《めいと》と有空《ありあ》とともに琴子《ことこ》の家に集まった矢野《やの》は、遠慮なく部屋をじろじろと見まわしながらそう言うと、リビングのソファに腰をおろした。すると琴子は、不快感をしっかりとあらわにした表情で、矢野の前に冷えたお茶のグラスをおく。

「なんですか、人の家に対してその、つぶ貝とヤリイカのマリネのような感想は。言っておきますけど、我が家はフレンチスタイルではなく、シノワズリです」

「え？　なに座り？」

「シノワズリ。面倒なので、自分で検索してください」

そう言って、人数分の冷茶をくばり終えた琴子は、床におかれた豪勢なクッションにもたれかかりながら、あぐらをかいてすわる。

今日の琴子は、トレードマークとも言える太い三つ編みをしておらず、背中に流した長い癖毛を、低いハーフアップのおだんごにまとめている。マキシ丈の、黒いシンプルなワンピースのスカート部分にはボリュームがあり、琴子がラフなすわり方をしても、その粗暴さをすべて隠して、どこか上品にすら見せていた。黒の色にも高級感があり、そんな生地がふんだんに使われているワンピースを、無造作に着ることのできる琴子の家の財力が、その黒の向こうに透けて見える。同級生の私服というものは、意外に多くを語ってくれるもので、家なら、なおさらだ。

矢野ほどではなかったが、最寄り駅まで迎えにきた琴子につれられ、やってきたその琴子の家を、明人も最初は、思わずじっくりとながめてしまった。凝ったデザインの洋館は庭つきの三階建てで、広い玄関の天井は高く、壁のあちこちに造作棚がとりつけられている。しかし、明らかに高級な木材が使われているその棚には、何も飾られておらず、たどっていけばそのまま三階までのぼれてしまいそうな配置がなされたデザインは、空間自体を芸術作品に見せるための小粋なアクセントのようだった。引き算の美学とはこういうものか、と、物と生活感にあふれる家で生活している明人は、琴子の家の贅沢《ぜいたく》な演出に、勝手に静かにうなるしかなかった。

しかし、その後、通されたリビングには、今度は足し算に足し算を重ねたようなセンスが大量につまっていた。特注品と思われる壁紙にアンティーク家具。謎の壺《つぼ》に、嗅いだことのない深いエスニックな香り。洋館にもかかわらずアジアの雰囲気も調和されているそのスタイルには、すみずみまで玄人《くろうと》のセンスが行き届いている。シノワズリがなんなのか、もちろん知るよしもない明人ですら、琴子の両親がこだわりの強い資産家であることだけは確信できた。

するとそこで、すわり心地もお値段もよさそうな豪華なソファにすわり、スマホをいじっていた矢野が、まるでお手上げと言わんばかりのようすで、スマホを投げ出す。

「って、シノワズリ、フランス語かい！」

律儀《りちぎ》にそのワードを検索していたらしい矢野は、おおげさにいじけながらそう言うと、まるで仕返しと言わんばかりに、繊細な刺繍《ししゅう》がほどこされたクッションを、少々乱暴に手に取る。そして、胸の前でかかえると、遠慮なくむぎゅっと抱きしめた。

すると、そのクッションがおいてあったソファの一角がふとあらわとなり、明人はほっとする。

そこには、明らかにデザインではない、ほころびがあった。

どうやらここは、センス玄人用ショールームではなく、きちんと誰かが生活している場所ではあるらしい。

と、ソファのほころびをクッションで隠すという、その人間らしい営みの痕跡に明人が親近感をおぼえていると、その横で有空が、これまた趣向の凝らされたグラスを両手でそっと口に運び、息をつく。

「うわ、おいし！　なんだかわかんないけど、おいし！」

「暑気ばらい向けの台湾茶ですよ。烏龍《ウーロン》茶をベースに……。いえ、説明したところで、ですね」

と、琴子に無下《むげ》にあきらめられても、有空は少しも気にしたようすを見せず、今度はその謎の冷茶にそえられた上品な細工の和三盆を口にして、これまた幸せそうに、顔をほころばせている。こういうところが、有空が万人受けする所以《ゆえん》なのだろう。

そんな有空の本日のコーディネートは、どんな夏からも愛されそうなまっしろなワンピースに、レモンイエローのカーディガンと籠バッグ。髪型はゆるい一本の三つ編みで、短すぎない丈のワンピースの下には、ロールアップの細身のジーンズをはいている。あざとさが行き過ぎないこのバランス感覚は、あいかわらずさすがだった。

矢野は、Tシャツこそ騒がしかったが、抑えめオレンジのハーフパンツと黒いバックパックはシンプルで、彼の、とんがっているように見えて大衆向けに自分をアレンジできるディフェンスのうまさが、ファッションでもみごとに発揮されている。

対し明人はといえば、シンプルな白Tにネイビーのきれいめイージーパンツ。特に荷物もなかったので、ワンショルダーの小さなボディバッグのみを持参し、どこをとっても、なんの主張もしていなかった。

と、それぞれがそれぞれの方向で個性を押さえているにもかかわらず、結局は、どうにもちぐはぐ感がぬぐえず、全員が冷茶をすすり終えると、気まずい沈黙が流れる。

すると、個性の爆発度が必然的にどうしても高くなってしまっていた琴子が、一応、責任を感じたのか、話を切り出した。

「さて。雑談で場を温めるのも面倒なので、私からはじめますね。元々《もともと》、場つなぎのつもりで提案した企画です。私の方は、矢野くんの超大作とやらの前座で結構ですよ」

すると、矢野がすかさずつっこむ。

「いやいやいや。そうおっしゃるには準備万全すぎて、セリフの中の謙遜が謙遜して、もはや消え失せてるわ」

それもそのはずで、琴子のまわりには生垣《いけがき》のように分厚い書物が何冊も積まれており、それらには一冊残らず付箋《ふせん》がびっしりと貼られている。

しかし琴子は、そんな矢野のツッコミを、

「はじめましょうか」

と、華麗にスルーすると、澄ました顔で手元のスイッチを押した。

すると天井から、大きなスクリーンが下りてくる。そして、そのスクリーンがゆっくりと下降している間に、琴子はスマホをいじり、天井にさりげなく設置されているプロジェクターのスイッチを入れた。

インテリアに調和した、細やかな彫刻入りの木製のシェードの中に巧みに隠されたプロジェクター。琴子の家では、これがテレビがわりなのだろうか。

そして、琴子はそれらのセットが終わると、事前に作成していたらしい資料を、手際《てぎわ》よくそこへ投影する。

ドッペル再生社会の光と闇

～その軌跡と今後の展望について～

突如、仰々《ぎょうぎょう》しいタイトルが、仰々しいフォントで表示され、琴子以外の一同は一瞬で、その圧迫感におののき、ひるむ。

しかし琴子は、床であぐらを組んだまま、さらりと続けた。

「途中でも何かあればおっしゃってください。参考文献はすべてここにありますので、論拠を提示することも、追加でお話しすることもできます」

そう言って琴子は、目の前の本の生垣《いけがき》をあごで示す。もちろん三人は、瞬時に目配せをして、琴子の講演中、誰も何も一言も口にしないことを誓い合った。

と、そんな三人の視線の動きの存在を知ってか知らずか、琴子はコホンと小さく咳《せき》ばらいをすると、「では、さっそく」と、スマホで資料のスライドを進める。

すると、続くスライドにはこうあった。

ドッペル再生誕生までの歴史

■情報量の爆発
▼インターネットとSNSの功罪
▼動画視聴サービスの登場

スライドにそって、琴子ははじめる。

「なぜ、ドッペル再生が必要とされる社会になったのか。その答えは単純です。インターネットの誕生を境に、人が、人生の中で摂取する情報量が爆発的に増えたから、その影響によるものにほかなりません」

と、琴子は思いきり断言し、続ける。

「インターネットの発達とSNSの誕生により、人は日々《ひび》、大量の情報に触れるようになりました。世界にはびこる情報のその量たるや、ひとりの人間が一生を費やしたところで到底摂取しきれるものではなく、人々《ひとびと》が時短によってタイパよく情報を摂取したいと思うようになった心理は、とても自然です。加えて、二〇一九年頃から、多くの動画視聴サービスで、再生速度が選択できるようになりました。まさにドッペル再生の原点。倍速視聴の慣習はここからはじまったと言えるでしょう。昔は、ビデオテープやDVDなどを高額で購入、またはレンタルし、やっと一本の動画作品が見られた、ということが普通だったようですが、動画視聴サービスの登場により、サブスクで何十万もの作品にアクセスできるようになり、人々《ひとびと》の動画に対する姿勢は変わりました。『なけなしのお金を払って手にした一本だからこそ、作品を何度もすみずみまで鑑賞しつくそう』という気概はなくなり、つまらないものはさっさと切り上げ、できるだけ多くの作品を見なければもったいないという気持ちが生まれたのです」

琴子の流れるような説明に、明人は素直に納得する。確かに明人にも、動画を倍速視聴した経験はあった。

すると、その明人の納得を踏み台にするように、琴子の声が大きくなる。

「でも、なぜ！　なぜ人々は、そんなにも多くの情報をチェックしなければならなくなったのでしょうか。『好きなものだけ見る、嫌いなものには触れない』。いくら情報量の母数が増えたとはいえ、人はこれまでどおり、その精神で生きてもよかったはずです。しかし人類はその後、貪《むさぼ》るように情報を摂取するようになります。なぜでしょうか。その理由は、この二つの事象から説明ができるでしょう」
そう言って琴子は、スライドを次のものにうつす。

■社会的背景
▼スマホの登場
▼ストレス過多

「ひとつは、スマホの登場です。これによって、テレビやパソコンなどの情報端末が、一家に一台、リビングにしかないという時代が終わりました。つまり、チャンネル争いというものがなくなったのです。誰かが端末を使っているから見たいコンテンツが見られない、そんな状況はほぼなくなり、ひとりひとりがスマホという専用の画面で、自分のタイミングで好きなものを見られる環境が実現しました。再生速度やスキップのタイミングも選び放題。こうして人は、他人に邪魔されず、個人個人で情報を、好きなだけ、好きなように浴びることができるようになったのです」

琴子が、スライドをさらに進める。

スマホ所持▼SNS使用▼炎上恐怖が日常へ▼防災のための情報収集

そんな不穏な単語ばかりがならぶスライドを表示しながら、琴子は、凄惨《せいさん》な事故現場からレポートをするリポーターのように、シリアスな声調で続けた。

「ただ一方でSNSでは日々《ひび》、悲惨な炎上が起こるようになりました。なにげない一言が、世論に思わぬ火をつけ、ネット上特有の手ひどい言葉の集中砲火にあう。無知ゆえの失言、空気を読めない発言。そのたった一言が、人生の大きな汚点になりかねない、そんな、気のぬけない社会となったのです。そしてその恐怖が人々《ひとびと》を、『失敗しないための情報収集』に走らせました。興味のない情報など気にせず生きればいい。そう言えればよいのですが、今は学校から帰宅してもクラスのグループトークは動き続け、常に人とつながっている時代です。その中で話題になっていることに対し、既読スルーを続ければ波風が立つ。知らないんだからしょうがないじゃないか。そう言いたいところですが、そこでも、その逃げ道をスマホという文明の力がふさぎます。

なぜでしょうか？」

　問いかけておきながら、琴子は明人たちの答えを待たずに続ける。

　琴子は、すっかりなめらかになった自分の声を、楽しんでいるようだった。

「今やどんな情報も、スマホで調べればすぐに出てくるというのに、知らないから、と既読スルーをすることは、調べることを怠っているということ。無知は怠惰。そう見なされるようになったのです。だからこそ人々は皆、自分が所属している社会においていかれないため、怠けていると批判されないために、情報収集に躍起になり、その結果、自分の探究心や娯楽のための情報収集は、あとまわしになりました」

　琴子にとって、それは実に耐えがたいことなのだろう。そこでくやしそうに顔をゆがめると、現実を直視したくないと言わんばかりに視線を下げ、無念であると言わんばかりに、眼鏡の奥で目をつむった。

　しかし、口だけはめげずに仕事を続ける。

「それだけではありません。今は、ドラマ、スポーツ、アイドル、その他諸々《もろもろ》、自分の好きなものについて造詣《ぞうけい》を深めようとしたところで、ネットやSNSを見れば、すぐに自分の『上位互換』を見つけられてしまう世の中です。自分より深くドラマの考察ができているネタバレサイト、若くして成功しているアスリートやダンサー、自分にはできない量の課金をこなしているアイドルファンやゲーマー。昔は、趣味において、技術や熱量を誰かと比べる機会は、そう多くありませんでした。好きだと思えば、地道に雑誌や専門書を読んだり、練習をくりかえしたりすることで、自分なりの知識や技術の向上ができ、機会があれば、その結果を家族や友人という近くの小さなコミュニティに披露した。すると、だいたいにおいてその努力は、その限られたコミュニティの中では認められやすく、昔は誰でも、何かの分野で一位になるという経験を得やすかったのです。だからこそ人は、自分の知識や技量に自惚《うぬぼ》れることができ、その自惚れが才能を育てました」

琴子はまるで、歴史を何千年、何万年と俯瞰《ふかん》してながめてきた不死鳥のように、人間を語る。そしてすっかり、飛ぶことに酔っているようすの不死鳥は、そのまま悠々《ゆうゆう》と翼を広げ続けた。

「しかし今はタイムラインに、常に世界中の同世代の格上が流れてきて、何に興味を持っても、すぐに出鼻をくじかれてしまう。努力をする前から、『同世代にすでにこんなすごい人たちがいるなら、どうせ自分なんて何をしたって敵《かな》わない』という気持ちが生まれやすくなってしまったのです」

昔は自惚れで鼻高々《たかだか》。でも、今は出鼻をくじかれる。

と、新旧の鼻の高さのちがいに、明人がなるほど、と納得していると、琴子の声にさらに熱と力がこもる。

「どうでしょう、皆さん！　これでは、個人が個人のために情報を集めることに嫌気がさしてしまうのも無理はありません。失敗すれば自己責任だと放り出され、コツコツとした努力や華やかな個性はそうそう報われない。そんな世の中だからこそ現代人は、自分の個性を極めるよりも、あたりさわりのない情報収集に特化した方が傷つかなくてよいと判断したのです。そしてそれに伴い、動画などのコンテンツに対する人々《ひとびと》の姿勢も変化していきました」

そこでスライドが、シンプルな四文字に変わる。

鑑賞▼**消費**

「このような時代背景の煽《あお》りを受けて、動画などのコンテンツは、鑑賞から消費の対象へと変わっていきました。コンテンツは、『心を豊かにし、個性を育むためにじっくりと味わう芸術品』として鑑賞するものではなくなり、『周囲と無難で円滑なコミュニケーションをとるための情報摂取の対象』として、消費されていくようになったのです」

　そこまで言いきると琴子は、まるで明人たちに、同情でもしているかのような視線を送る。

「そして、そんな生活が日常となった大人たちは、子どもたちにも、よかれと思って、その生き方を伝授しようとするようになりました。このストレス社会を生きぬくためには、失敗はもちろん、無駄な時間を過ごしている暇もない。だから『将来は、すぐに社会の役に立つ、生産性の高い仕事をするように』と、学生時代から我々《われわれ》にわかりやすい実学の修得を迫り、失敗や無駄の恐ろしさを刷りこむようになったのです。『社会は一度の失敗も許してくれない厳しいものなのだから、一か八《ばち》かの夢は追わず、つぶしの利《き》く安定した知識を、無駄なく身につけるように』と。この脅迫の影響で、学生たちは今や、ほんのささいな失敗にも罪悪感を抱く、臆病な生き物となりました。叱責《しっせき》や恥に対する耐性が低くなり、人によって見解が分かれる意見を主張するよりも、

『情報を知っているかいないか』という事実に基づいた、わかりやすい判断軸で、人の優劣を決めるようになった。……愚かしいとは思いませんか？　本当に重要なことは知識そのものや量ではなく、その知識をどう活《い》かすかであるというのに、人は、その本来の知の道からはずれ、なんでもよいからとにかく多くの情報を知っていれば優越感と安心感が得られる、そんな社会にまよいこんでしまったのです」

琴子は、まるで一人芝居でもしているかのようにおおげさにそう述べると、そこで一度、声を静寂の中に落とす。そして、まるで明人たち観客に考える時間を与えた、と言わんばかりの間をとると、再び続けた。

「こうしてスマホが、『誰もが簡単に大量の情報に触れられる環境』を実現し、一方で『ささいな失敗も許さない監視ストレス社会』をつくり上げた時、人は、情報の価値を見失いました。このままでは人は皆、現存の『知』のうわべをなぞるだけで、誰もその先の創造ができなくなります。しかも、そうして苦労して手に入れた生活は、『誰もが日々《ひび》、失敗に怯《おび》えながら、似たり寄ったりの人生を生きる』というもので、決して幸せなものではない。そうわかっているのに、もはや誰にも止め方がわからない。しかし、そこでそんな人類を救ったのが、ドッペル再生でした」

壮大な旅をしていた琴子の言葉が、急に出発の地へ戻ってくる。矢野も有空も神妙な顔で琴子の演説を聞いていて、琴子は、そんなふたりの反応を満足そうに見やると、言葉を新たな旅へと放った。

「ドッペル再生によって人々《ひとびと》は、『自分の最も可能性の高い未来』を知ることができるようになり、あらゆる可能性をあれこれ考え、悩む必要がなくなりました。というのも、人生は決断の連続で、決断というものは本来、知識が増えれば増えるほど難しくなります。いろいろな立場、可能性があることを知ってしまうと、すべての選択肢に対して準備をしなければと、がんじがらめになって身動きができなくなるからです。ドッペル誕生以前の人間は、そんな情報の落とし穴にはまり、あらゆる方向からストレスを感じながら、ひとつひとつの決断に時間をとられていました。しかし、ドッペル再生が、たったひとつの未来を提示したことで、人間は驚くほど、多くの時間を取り戻すことに成功したのです」

琴子は、さらに続けた。

「ドッペル再生がしていることは、未来の提示という『情報の提供』に見えて、実は逆。『余計な情報の削除』です。ドッペル再生は、たったひとつの可能性を見せてくれることで、人を、『ほかの可能性を心配しなければならない』というストレスから解放してくれました。そして、これまで悩んでいた時間は余暇となり、人々は自分自身のための時間を取り戻すことができたのです」

琴子はそう言って、琴子自身、ほっとしたかのように、これまでずっと緊迫していた声調をゆるめる。

「もちろん、ドッペル再生は万能ではなく、予測がはずれることもあります。また、どのタイミングでなにを軸にドッペル再生をするか、そのセンスは試されるようになりました。しかし、それこそがまさに、本来の『知』の姿です。どの未来を知り、それを自分の生にどう活《い》かすのか。ドッペル再生は、ただ情報に追われ、思考力と個性を失っていた人間の情報暗黒時代に終焉《しゅうえん》をもたらし、人を知の光の道へと戻してくれました。ただ、弊害もあります。ドッペル再生により人は、示された未来以上の努力をしなくなり、ドッペル再生が世に登場してからというもの、人間の進化のスピードは大幅にスローダウンしました。しかし、だからなんだというのでしょう。人間はもうじゅうぶん進化してきました。現状維持ができるのであれば、それでよし、です」

と、琴子はまるで、自身が人類代表であるかのように、結論を出す。そしてすぐにまた、新たな時代を指し示すように、人差し指をぴんと立てた。

「問題視する必要があるとすればそれは、ドッペル再生により失敗の機会が減ったことで、人類の、失敗や恥への耐性がさらに低くなったことです。また、ドッペルで予測される事件を避けるために無難な選択をくりかえすことで、結局ここでも、個性は失われがちに。一方で、他者への目はより厳しくなり、他人の失敗やドッペルが検知できなかった予想外の事件に対して、人は今、強烈な拒絶反応を起こしやすくなっています。争い慣れしていないからこそ、問題にぶつかると、自分の感情をコントロールできず、必要以上に動揺して、時に暴力に走ってしまう。ドッペル再生社会でもいまだに犯罪が絶えないのは、ドッペル再生の罪でもあるのです。そこで、です」

と、琴子は、鼻の穴をふくらませる。自分の次の発言への期待が、言葉より先に鼻息になった。

時代は、読書

これまでのどのスライドよりも大きなサイズで、その文字がばばんと表示される。同時に、琴子の言葉が、急に、ネジを巻かれたばかりのおもちゃのようにトップスピードで走り出した。

「時代は、読書！　読書です。読書はいにしえより存在する『情報収集の術』ですが、動画再生と同じく、自分のペースで好きなように楽しむことができます。ペラペラと飛ばし読みすることもでき、速読も可。倍速視聴に慣れている人類にとって書籍は、とても親和性の高い媒体です。ただ、瞬時に脳にイメージが飛びこんでくる動画とちがい、読書では、文字から自分で脳内に情景を思い起こし、想像力を働かせる必要があります。この一瞬の時間が、個性の宝庫です。同じ本を読んでいても、自分とまったく同じ映像を思い浮かべる人間は誰一人としていない。その積み重ねが、個性。そして、この『自分だけの感性で人の文章を読む』という過程を経ることによって、人は初めて、言葉を真に知り、その言葉を通じて、他者の心を想像する力を育むことができます。これは、読書でなければできない経験で、この行為をくりかえすことで人は、情報暗黒時代やドッペル再生社会の中で失った思考力や個性を取り戻すことができるのです。そう、今の人類は、個性という『自分』がないからこそ、世間に少しでも背を向けられそうになると、存在のすべてを否定されたような気持ちになり、必要以上に傷ついてしまう。そして、それを避けるために情報収集やドッペル再生にすがりつく。しかし、読書によって『自分』を獲得し、それを心のよりどころにできれば安泰です。しかも、自分の世界ができると、『世界』の価値を実感でき、自然と他人の世界も尊重できるようになる。つまりドッペル×読書。これこそが、現代における最強の布陣なのです。いいですか、皆さん。読書。読書です。読書をしましょう！」

琴子はまるで、城の上から億万の民衆に語りかける王のように話をしめくくると、ふん、と残っていた鼻息を出しきり、すん、と元の琴子に戻る。そして、

「以上です。ご清聴ありがとうございました」

と言うと、なにごともなかったかのように元いたクッションの上にすとんと腰を下ろし、酷使したのどに思いやりを向けるように、冷茶をゆっくりと口に運んだ。

ただ、明人たち観客はというと。

琴子の演説が終わっても、しばらく誰も何も口にできなかった。

第7話 ▼矢野超大作上映会

ＫＴＫ講演会は、明人《めいと》たちが想像していた以上に暴力的な余韻を残して終わった。外では真夏の日差しがギラギラと世界を熱しているはずだったが、琴子《ことこ》の家のカーテンは重厚で、この空間を外界から、しっかりひんやりと切り離している。そのどこか魔法じみた空気の中で、明人はしばらく、時間が止まったかのような錯覚に陥った。そしてそれは、矢野《やの》と有空《ありあ》も同じだったようで、三人はしばらく、同じ時の狭間《はざま》で呼吸の仕方を忘れる。が、そこはさすがコミュニケーションおばけというべきか、やがて矢野が、いち早く自分の時間を取り戻した。

矢野は、急におおげさに体をのけぞらせると、その勢いで周りの時間も動かしはじめる。

「え、なに、今の最後の、びっくり急展開からの、KTK独特価値観バズーカー。略して独観《どっかん》。俺、もろにドッカンくらって、今、クラクラなんだけど」

と、矢野は、琴子の重量感のあるまじめさをもてあましたのか、いつも以上にふざけちらかしながら、有空を見やる。すると有空は、世界政府の最終決定権を担《にな》っている重鎮のような面持ちで、ゆっくりとうなずいた。

「私も。もう前半は、私のこれからの暮らし、お先まっくらで、お蔵入りなのかなって感じだったけど、最後の最後で希望が食《く》らいついてきてくれて、本当によかった」

と、有空が、琴子のまじめな空気を引きつぎながらも矢野の軽快なノリに加わったことで、矢野は少し、ほっとした表情を見せる。

「いや、有空、ありがとな、俺のライムひろってくれて」

すると、矢野のその声を合図に、有空もモードを切りかえ、いつもの調子へと戻る。

「いえいえ。でもちょっと意外！　琴子ちゃん、ドッペル再生反対派なのかと思ってたから、ドッペルが人間を救ったって話になるとは思わなかった」

有空のその素直な声が、場の空気を軽くする。

すると琴子は、肩をすくめた。

「いえ、私は、私情をはさんだつもりはありませんよ。ただ事実を述べただけです」

すると、琴子のその澄まし顔に、矢野がすかさず反応する。

「いや、情！　情まみれでしたけど！　しらばっくれが過ぎる……！」

それを受けて有空は、笑いながら続けた。

「え、でも、まじめな話、私、感動しちゃった。そっか、ドッペルって、もうちょっとで情報に殺されちゃうところだった私たちを、救ってくれたんだね」

そして有空は、その笑顔を表情に残したまま、小さく息をつく。

「そうだよねー。や、わかるなぁ。スマホ見れば通知の嵐。情報チェックで時間があっという間に溶けて、SNSとかで、画面の上にきれいですごい人たちが流れていったあとスマホ、オフにすると、まっくろな画面に、何もしないで時間を無駄にしちゃったブサイクな自分だけが映る。あの瞬間って、本当、しんどいよね」

有空のその意外な告白に、矢野は目をむく。

「いや、有空はその『きれいですごい人』側じゃん」

有空はうつむいた。

「そう……言ってくれる人もいるかもだけど、それこそ上位互換なんて山ほどいるし、私には、特化したスキルがあるわけでもないから、未来なんてたかが知れてる。だからこそせめて、その『たかが』を楽しみたくて、そこからすら落ちちゃう失敗をしたくないから、頻繁にドッペル再生するの。一歩一歩確かめないと、こわくて進めない。でも、そうやって近い未来ばっかり確かめて、何年かあとに急に、その道は全部まちがってたぞって言われたらどうしようって、たまにすごくこわくなる。ドッペル社のせいにしたくたって、できないのに」

少し憂いを帯びた有空の声に、矢野の眉の両端が大きく下がる。しかし、矢野が何かを口にする前に、琴子が先ほどと同じ熱量で、大きくうなずいた。

「そう。ドッペル社はただ未来の可能性を提示しているだけで、決断しているのは結局、個々人《こじん》。利用規約にもあるとおり、ドッペル社はいかなる未来にも責任を持ちません。だからこその、私の最後の結論ですよ。ドッペル再生を思考の整理に使うのは是《ぜ》。ただし、ドッペルを含め、他者に依存し続けるとろくなことになりません。特に『世間』などという得体《えたい》のしれない他者にふりまわされるなんて、馬鹿げています。私の読書のススメは、九十九パーセントが本心ですが、別に読書でなくてもいい。何か自分のよりどころとなるものを、人類皆、ひとつは持つべきです」

そう言って琴子は再び、矢野の言うところの「独観《どっかん》」で、ドカンと断言する。するといつもであれば、素直に相手に同意し、自分の意見があればそれを、さりげなくその同意のしっぽに結びつける有空が、今日は軽くうつむきながら、いつもの声をぬぎすてた。

「そっかぁ。でも、私は正直、世間に惑わされてたい気持ちもあるなー」

やわらかいようで、いつもよりも芯が見えているその声に、琴子も眉を片方だけ上げて反応する。

「ほう？」

有空は、組んだ両手を上にあげ、のびをしながら、琴子の目を見ずに続ける。

「自分で勝負するって、疲れるもん。世間がいいっていうものつくって、出して、よろこばれた方が、とがって、干されて、みんなからそっぽ向かれるより、ずっとよくない？」

有空ののびは、猫のようにしなやかだったが、残念ながらそのポーズだけでは、言葉の険を隠しきれていない。ゆえに、その言葉を直接向けられた琴子も、今度はいぶかしげに眉をひそめた。

「世間は裏切りますよ。ただ、自分が積み重ねてきたものは裏切りませんし、好きをつきつめれば、自然と仲間は集《つど》うものです。何千人何万人の、数だけのつながりにすがるより、絆《きずな》の深い数人と面と向かって話せれば、それは『たかが』どころか大成功の人生です」

「確かに。でも、そこまで行けたら、もうドッペルいらなくない?」

いつもふわふわとした防護服をまとっている有空の声が、琴子の声にかぶせぎみに反応し、一瞬、明らかにふわふわから飛び出す。矢野が瞬時に、有空にようすをうかがうような視線を送った。それに気がついているのかいないのか、有空は声の調子をゆっくりと元に戻しながら、言葉の出口をさぐる。

「ドッペルは情報収集に追われてパンクしそうだった人類を救ってくれた。さっき、琴子ちゃん、そう言ったよね? そもそも人間が情報収集をしなきゃならなくなったのは、つきつめると、人に嫌われたくなかったからで、みんな、炎上とかハブがこわかった。だから、本当はいらない情報でも、あせって知ろうとして苦しくなって、そんな私たちをドッペルは、たったひとつの未来を見せることで楽にしてくれたんだって。でも、今の琴子ちゃんの話だと、琴子ちゃんみたいな読書家とか、何かの収集家、画家、作家、写真家、愛妻家？　何かに特化した家系《いえけい》になれば、ゆるがない自分を持てて、友だちもできて、あとの世間様はどうでもいいーってなるんだよね？　けど、そこまで満たされたら、もうドッペルに助けてもらわなくてもよくない？　それだけ深くつながった友だちとなら、ちょっとくらいの失言があっても許し合えそうだし、ゆるがない自分があるなら、失敗しても後悔しなそう。だから、本当に最強なのは、ドッペル×読書じゃなくて、『読書』だよね？　なのに、琴子ちゃんはなんで、ドッペル再生するの？」

　有空の声は、どこか切羽つまっていて、そのめずらしさが場に緊張を生む。もしかすると有空は、有空のアイデンティティーとも言えるフォロワー数を、琴子に「数だけ」とあしらわれたことが気に障《さわ》ったのだろうか。

　とすると、今の「琴子ちゃんはなんで、ドッペル再生するの？」という質問の真意はもしかすると、「そういう琴子ちゃんには、本当に友だちがいるの？」という、あまりに切れ味のするどすぎるものだったのかもしれない。「世間をないがしろにして自分ばかり追求しても、結局、ドッペル再生をしないと不安で、心から信頼できる友だちもできないなら、世間に望まれる自分を目指した方が、自分にとっても社会にとってもよくない?」と、有空は、幾重にもかさねたオブラートの中で、琴子の持論に、持論を返した。

そのことに、勘のいい琴子はきっと気がついている。

そして、琴子が気がついていることに、有空もまた……。

と、明人がこの空気の対処にまよっていたその時だった。

「それは、この俺の大傑作が明らかにしてしんぜましょう!」

と、急に矢野が、声高らかに宣言した。

空気を一刀両断するような、そのからりとした声は、今のこのピリリとした空気にはあまりに不似合いだったが、もちろんそれこそが、矢野のねらいだったのだろう。

矢野は、皆の視線を強引に集めると、自身のバックパックからタブレット端末を取り出しながら、芝居がかった声で続ける。

「やー、まさかKTKの家に、こんな大きなスクリーンがあるとは……。テレビあればつなげさせてもらおうかと思ってたけど、これはぜひとも夢のスクリーン上映をさせていただきたいものですな。いいっしょ、KTK?」

矢野のどこかわざとらしい声かけに、琴子は一瞬、ちらりと有空を見やったものの、すぐに矢野に視線を戻してうなずく。

「もちろんです」

するとと矢野はにかっと笑って、不必要なほど大仰によろこんで見せた。

「っしゃー！　やー、よくないよ、おふたりさん。今、もはやKTKの講演会だけで今日を終えようとしちゃってたっしょ。ダメダメ！　今日は二部構成って言ったっしょ！　KTKと俺のW主演なの！　核心じみたことはあとで話して！」

と、矢野は、誇張された演技でぷりぷりとしながら、先ほどの琴子と有空の衝突を空気の中に蹴散らす。そして、琴子との数回のやりとりを経て、動画上映のセッティングを終えると、

「では、いよいよお待ちかねの第二部。これはただ見るだけで、あなたのドッペル依存度がわかる、魔法の動画。ドッペル依存度が低い人だけが、この謎が解けるのです！　さあ、瞬《まばた》きなくして、とくとご覧あれー！」

と、サーカスをはじめる団長よろしくうやうやしく頭を下げ、さっさと再生ボタンを押した。

それが、矢野の超大作上映会のはじまりだった。

〈あなたに、この謎が解けるだろうか〉

琴子の家の大スクリーンに映し出された、その意味ありげなタイトルは、シンプルに挑発的で、サスペンスホラーを意識しているのか、黒地に白い文字で浮かび上がっている。そしてその文字はしばらくすると、ブラックコーヒーに混ぜられた少量のクリームのようにぐにゃりとゆがみ、黒の中にとけて消えた。

と、次の瞬間。

スクリーンに突如、立方体の氷がいくつか入ったグラスが、アップで映し出される。街のレストランで、チェイサーとして出されそうな、よく見かけるタイプのそのグラスの中には、氷とほんの少しの水。そんな画面が、無音の中、まるで静止画のようにしばらく続く。そして、そのグラスの中の氷が、やがて自然の摂理によって溶けはじめ、バランスをくずしてカラン、と、夏らしい音を立てたその瞬間。

画面は再び切りかわって、今度は急に、生活感あふれるリビングが、引きの映像で映し出された。定点カメラで撮っているのだろうか。ソファやテレビなど、豪華すぎず質素すぎもしない家具がそろったその部屋は、いかにも居心地のよさそうな一般的なリビング。しかし今は無人であり、人の気配はなかった。カメラの真正面には、廊下につながっていると思われるガラス窓つきのドアが、閉まった状態で主役然と映っており、ソファ前のローテーブルには、先ほどのグラスがぽつんとひとつ。

そのまま映像は、またしばし無音の状態でなんの動きもなく流れる。しかし機材の不具合かと、皆が矢野の表情を確認しかけたその瞬間、映像からかすかにドアの開け閉めをする音が聞こえ、皆の集中が映像に戻る。

どうやらそれは玄関のドアの音だったらしく、その音に続いてすぐに、リビングのドアのガラス窓の向こうを、リュックを背負った制服姿の女の子が通過していった。するとすぐに、無人のリビングの映像が早回しされる。しかし矢野は、特にタブレットを操作していない。つまりこれは、矢野が現在進行形で早送りをしているわけではなく、映像作品に組みこまれた演出らしい。

そして、映像が等倍速に戻ると、また玄関のドアの音が聞こえ、今度はすぐに、リビングのドアが開かれた。するとそこに、先ほどの少女の母親らしき女性が現れる。仕事帰りなのだろうか。女性は、七分丈の紺色のスラックスに、青と白のストライプのシャツを着ていて、通勤鞄《かばん》のほかには、食パンや牛乳など、スーパーで買い物をしてきたらしいものが詰められたエコバッグを持っている。その荷物の重さと、夏の暑さでただでさえ疲弊した表情のその女性は、荷物をどさっとその場に下ろすと、ちらりと部屋のクーラーを見やる。そして、ほんの一瞬、カメラに視線を送ると、ため息をついた。

それから今度は、自分に気合いを入れるように息をはくと、おいたばかりのエコバッグを持ち上げ、リビングから直接つながっているらしいキッチンへ、それらをしまいに行ったのか、画面から消える。

するとまた、映像に早回しの演出が加えられた。止まると、今度は無音ではなく、ジャーッとキッチンから水音が聞こえてくる状態で、無人のリビングが映し出される。そしてしばらくすると、またドアの音がして、今度はリビングに、背広姿の男性が現れた。仕事帰りの父親なのだろう。鞄のほかには白いレジ袋を持っていて、中の牛乳と食パンが透けて見えている。母親と同じく暑さに辟易《へきえき》しているようすの父親は、荷物をその場に下ろすと、すぐにまたドアから廊下へ消えた。それから、ほんの少しの早回しのあと、無地の半袖短パンという、いかにも楽そうな部屋着で、リビングに再登場する。そして、ソファ前の床にごろりと横たわると、テレビを見ながら、リラックスした表情でくつろぎはじめた。

そこに今度は、最初に帰宅した娘が、K－POPダンスの練習着を思わせるような短いTシャツと、脚長効果のあるデザインのジョガーパンツ姿でやってくる。しかし、無造作に開けたリビングのドアが、先ほど父親がおきっぱなしにしたレジ袋に当たると、思いきり顔をしかめ、画面外のキッチンにいるらしい母親に声をかけた。

「おかーさん、ちょっと、これー！」

「えー？　ああ、私じゃなーい。しまっておいてー」

「えー」

娘は、文句を言いながらもレジ袋を持ってキッチンへ消え、しばらくすると、アイスキャンディーを持って戻ってくる。そして、それを口に運ぶなり、大きく顔をしかめた。

「おかーさん！　もー、冷凍庫パンパンすぎて、ちゃんと閉まってなかったー。アイス溶けてるんだけどー！」

「えー？　というか、夕飯前にアイス食べない！」

「夕飯いらないもん。知ってた？　アイスとか冷たいものって、食べても太んないんだって！　カロリーゼロ！」

「そんなわけないでしょ」

「えー、でも今日、カオちゃん先輩が言ってたもん」

「あー、あのスタイルいい子？」

「そー！　てか、明日の朝練発表で文化祭で踊る曲のセンター決まるから、朝までに一グラムでも痩せときたい」

「なら、なおさらちゃんと食べなきゃじゃない。力、出ないよ」

「おかーさんだって、いつも食べてないじゃん」

「私はいいの。つくってる間につまんでるから」

「えー、ずるいー。あ、私、糖質オフしてるから、ごはん……あ、お米のね？　は、本当にいらないから！」

と、そこで急に画面が暗転し、チュンチュンと朝を告げる雀《すずめ》の声がしたかと思うと、画面いっぱいに、トーストが映し出される。

画角はゆっくりと広がっていき、画面はやがて、まっしろな皿に盛りつけられた目玉焼き二つとソーセージ、ブロッコリーとミニトマトが中心の画に移り変わった。そしてその過程で、目玉焼きたちとは別の皿に載せられていた先ほどのトーストが、実は合計三枚もあったことが明らかとなる。そのしっかりとしたボリュームのＴＨＥ朝食は、先ほどのリビングの横に続くダイニングキッチンのテーブルの上に、どうやら一人前のみ用意されているらしい。

そこへ窓からさんさんとふりそそぐ光。そんなショットが数秒続いたあと、今度は朝食に添えられたマグカップの中の、湯気の立つコーヒーがアップになる。そして、その黒い液体を鏡にするかのように映りこんだ壁掛け時計の分針がカチッと動き、十二時ちょうどになったところで――。

映像は終わった。

矢野の超大作は、時間にするとものの三分にも満たない超短編だった。

しかし矢野は、映像が終わるなり、鼻の穴を大きくふくらませると、全員の顔を見わたす。

「さて、ここで問題です！　この朝ごはんは、いったい誰の朝ごはんでしょーか！」

矢野の明るい声が、部屋に響きわたる。

どうやら、このベリーショートショートの短編映画は、観客参加型アトラクションだったようで、最初のタイトルが投げかけた謎とは、あのおどろおどろしい文字の演出に反して、最後の朝ごはんの主は誰かという、なんとものほほんとしたものだったらしい。確かに最近の動画は、長すぎるものは歓迎されず、動画投稿サイトのコメント欄などを利用することを前提とした、相互コミュニケーションを軸にすることで観客を引きこむ手法のものが少なくない。矢野もそれをねらっているのだろうか。

しかし、それにしては……。

明人、有空、琴子の間に、間を読み合うようなぎこちない空気が一瞬、流れる。そして、それを不憫《ふびん》に思ったのか、すぐに琴子がこともなげに言った。

「え、矢野くん、の、ですよね？」

となりで、有空もこくりとうなずく。

「うん。矢野っちの」

すると矢野は、大きく目を見ひらいて、のけぞった。

「え、なんでわかんの？」

すると、有空はこまったように眉を寄せながら、言葉を選ぶ。

「え、だって、あの子、矢野っちの妹ちゃんでしょ？　妹ちゃん、ダイエット中っぽいし、絶対こんな食べないだろうから、じゃあ矢野っちのかなって」

「う、父ちゃんのかもしんないじゃん」

「や、なんか大人って、こんなちゃんと朝ごはん食べなくない？」

「理由そんだけ？　てか、俺、映像に出てきてないじゃん。なのになんで？」

「だって、これ、矢野っちの家でしょ？」

「や、そうだけども。あれー、っかしいなー。俺の家ってこと忘れて見てって言ってはじめればよかったー。俺が映ってないのに、俺のっていうのがミソだったのにー」

大傑作という矢野の豪語《ごうご》に反し、ただただ矢野家のファミリームービーを見せられただけに終わった琴子と有空は、矢野をからかう言葉も出ないようで、いつもは辛辣な琴子ですら、今回は気まずそうにしている。そんなふたりの前で矢野は、おおげさに頭をかかえて嘆くと、ちらりと上目遣いで明人を見やり、期待をなげかけた。

「めいちゃんは？　めいちゃんはさすがに、あの女の子の朝ごはんだと思ったっしょ？　俺に妹いるとか知らなかったもんね？　ね？　ね？」

それで明人は、場の空気をどう読むか、数秒まよったあと、肩をすくめて言った。

「妹の朝ごはんだって思わせるミスリーディングの演出には気づいたよ」

それで矢野は、あちゃっと音が出そうな表情で両目をぎゅっとつむり、降参と言わんばかりに、琴子のリビングの床に背中からころがる。

「お見通しかい！　恥ずかしっ！」

しかし、逆に明人の発言で有空の目に興味が灯《とも》り、有空はすわりなおして、聴きの姿勢になった。

「え、なになに、どゆこと？」

それで明人は、ぽりぽりと頬をかくと、場をなげ出している矢野のかわりに種明かしをはじめた。

第8話 ▼名探偵☆めいちゃん

明人《めいと》は、目をらんらんとさせている有空《ありあ》と、澄ました顔をしながらも耳はしっかりと明人の方を向いている琴子《ことこ》を前に、見解を述べる。

「や、ほら、最後、お米食べたくないって言ってる妹の発言から暗転して、トーストのアップになったから、それが、さっき、『ちゃんと食べなさい』って言ってたお母さんから妹への切り返しっていう見方が、本来、この矢野《やの》監督の大傑作を素直に見た時の答えなんだろうけど、実はセリフの外にも、情報はいっぱいあって……」

明人は、今見たばかりの矢野の映像を頭の中でぼんやりと思い出しながら続ける。

「決定的なヒントは、最初のグラスの氷のカット。よくミステリに出てくる手法だけど、映像に登場した三人が帰ってくる前から、氷が溶けきってないグラスがリビングにあったってことは、単純に、映像に登場した三人以外に少なくとももう一人、この家に、そのグラスを用意した人間がいるってこと」

そう。もしこの家に住んでいる人間が、映像に登場した三人だけであるならば、作中で明らかに部活や仕事という長時間の外出から帰ってきた三人の家に、氷の残ったグラスがあるのはおかしい。となれば、単純にもう一人、この家で生活をしている人間がいて、その人間が、そのグラスを使って水を飲んだと考えることがいちばん自然。いや、本来、中身を飲み終わったグラスをリビングに放置するという行動は褒められた行為ではなく、不自然とも言えるため、むしろこれはつくり手が、「もう一人いるぞ」というメッセージを、わざわざ伝えてくれたととるべきとも言える。

それで明人は、続けた。

「で、映像の中で両親は、食パンと牛乳をダブって買ってきてる上に、父親が帰ってきた時、母親はキッチンで水仕事をしてたのに、ふたりは挨拶も交わしていない。この夫婦は明らかに普段から会話不足で、そんな夫婦がこんなちゃんとした朝食をどちらかのためにつくるとは、少なくともこの動画の情報からだと考えられない。そうなると、普段、料理をしていなそうな父親が買ってきた食パンと牛乳はたぶん、主に自分の朝食用で、そこからも、動画の最後のブラックコーヒーは父親のものじゃないと推測されるし、母親は、食事は料理中に済ませがちだと明言してる。最後、コーヒーの中に映りこんでた壁時計の時間が十二時を差してたから、部活の朝練があるっぽかった妹は家にいない可能性が高いし、妹が食べずに放置した朝食だという解釈もできるけど、最初の氷のカットで、わざわざもう一人家にいると匂わせた上で、最後、湯気が立ってる淹《い》れたてのコーヒーで終わってるから、この朝食はやっぱり、この家に住んでるもうひとりの人物、矢野のものだって考えられる」

「え、すご！　なるほどすぎる！」

　有空が感嘆の声をあげる。琴子も、言葉こそなかったものの、その顔は、どこか感心しているように見えた。それでつい、明人は気をよくし、床の上でごろごろのたうちまわりながらうなっている矢野を気遣うことなく、止《とど》めをさす。

「夏休みも健気《けなげ》に部活をがんばっている妹とちがって、昼まで寝ていたであろう矢野のために、はたして母親か父親が朝食をつくるだろうか、という疑問は残るけど、映像の中で母親が帰宅した時、ちらっとクーラーとカメラをチェックしてるところを見ると、お母さんは事前にこの撮影のことを矢野から聞いていて、だから本当はあの時、クーラーの設定温度かなんかについて、矢野に文句を言いたかったけど、撮影のために、ここでは一度飲みこんでくれたんじゃないかな。疲れてイラついている中で、息子の撮影に一応協力してくれるお母さんは、娘の部活の先輩を把握してるくらい、娘との関係は良好だし、そこから考えると、基本、子煩悩《こぼんのう》なんだと思う。ただ、冷凍庫がパンパンなのに、お父さんも食パンを買ってきちゃって、食パンを冷凍保存できないから、トースト三枚っていうかたちで矢野に食パン消費を押しつけてるところが、コミカルな要素としてよかったし、最初と最後をグラスとマグカップの飲み物シリーズでそろえて、もう一人の存在を匂わせている演出は、妹へのミスリードをフェアに感じるくらいには親切な見せ方だよね」

話しているうちに、自分が矢野の渾身《こんしん》の作品を説明しすぎてしまっていることに気がつき、明人はとりあえず話を、矢野への賛辞で締めくくる。

そして、有空はあいかわらず、人間関係のバランスをとることに関しては察しのよさが飛びぬけていて、明人の言葉を受けるなり、そこにこめられた配慮を、すぐに華やかな声でふくらませた。

「うわー！　全然気づかなかったー！　矢野っち、すごくない？　そこまで考えて、これ、撮ったの？　え、てか、お母さんたち、めっちゃ自然だったけど、これ、台本？」

有空の感嘆の矢印が、明人から矢野に向き、顔を両手でおおっていた矢野が、ぴくりと反応する。そしてゆっくりと、指のすき間から、片目を出した。

「……や、台本だとわざとらしくなるから、カメラずっとまわして、使える素材撮れるの待った。だから、本当は別日の映像つないでんだけど、つながりがおかしくなんないようにリビングのものの置き場所とかチェックして、結構大変だった」

すると、矢野のセリフに有空がけらけらと楽しそうに笑う。その笑顔を見て回復したのか、そこで矢野は、ようやく起き上がった。

「あーあ、本当は俺が全部かっこよく種明かしするはずだったのに、まさかのめいちゃんに持ってかれたー。めいちゃんのめいが、名探偵のめいだったとは」

すると、口にするコメントを吟味していたらしい負けず嫌いの琴子が、そこでやっと口をひらく。

「なるほど、確かにこれはおもしろい試みです。ドッペル文化の下地となっている倍速視聴が行われるようになってから、映像作品は、セリフがメインの、わかりやすい作品がヒットしやすくなったと聞きます。セリフのないシーンをスキップする視聴者が増えたことで、今の矢野くんの映像のように、話の根幹に関わる重要アイテムを静止画で長く見せたり、『セリフがない』という情報から人間関係の濃さを読み取らせたりするような演出はすたれ、説明ゼリフの多い作品が好まれるようになりました。しかし、倍速視聴が基本となっている人々《ひとびと》は、そんな作品ですら飛ばし見し、おもしろい映画を早送りで見ても、もったいないとは思わない。むしろ、良作をタイパよく見られてお得という達成感が勝つようになったのです」

評論家よろしく、琴子は続ける。

「連続もののドラマやアニメは、最初の一話で、残りを見るかどうか判断。その判断すら面倒な人は、『何話から面白くなるか』を人から聞いて、そこまではあらすじだけチェックするか飛ばし見をします。ドラマだけでなくMV《ミュージックビデオ》やバラエティでも、『動画の何分何秒がキュンとするか』、『何分に目当ての芸人が出てくるか』などを、コメント欄などから知って、そこだけ見る。切りぬき動画などが生まれたのも、その需要があってこそです。物語に関しても、事前にネタバレサイトで、内容や予備知識を仕入れてから見る人が増えました。そうした方が、自分だけがストーリーや小ネタがわからないという敗北感や緊張感から解き放たれ、安心して見られますからね。昔から、好きなジャンルの作品は見る、嫌いなものは見ないという人はいましたが、今はそれがシーン単位となり、エンタメに求められるものが、心の醸成ではなく、ストレス解消になったと言えるのかもしれません。だからこそ、気に入ったシーンは何度も見るという人が多く、お気に入りのシーンを、サプリのように摂取して心の回復をはかるという視聴方法も登場しています」

するとと、琴子の分析に乗っかり、矢野がうなずく。

「そそ。けど一方で、俺みたいに映像好きな人間は、価値を自分で判断するのが楽しいから、十秒飛ばしのスキップ機能を、自分専用の『カット』ボタンにする。すでに出来上がってる作品を、さらにこっちでカットして、自分がおもしろいって思うとこだけを見て、摂取する情報の価値の密度を、より自分好みに高めるんだ。俺にとって、スキップとか倍速視聴は、ただの時短じゃない。つまんない、自分に必要ないって思ったらボタン押すから、ボタンひとつに自分のセンスがかかってる。ドッペルといっしょだよ。どの未来を見るか、その選択に人生がかかってるのといっしょ。ある種、賭けでもある」

と、矢野がめずらしく真剣なトーンで語ると、これまためずらしく琴子が、矢野に全面的に同意する。

「なるほど。そういう意味では、倍速視聴は視聴者を二分したのかもしれないですね。なるべく自分で考えずにノーストレスで情報を摂取することに特化した人と、逆に価値を判断するスリルを楽しむようになった人。肌感覚的には前者の人口の方が圧倒的に多そうなので、二分と言っても、その比率は五分五分ではなく、七三くらいでしょうか」

琴子のその言葉に反応してか、矢野が自分の髪の毛を両手で七三にぺたっと分け、そのまま頭をかかえる。

「そー。だから、今回の俺の大傑作みたいに、セリフじゃないところで語る系の、わかりにくくてスキップもしづらい映像が、今、逆に新鮮になって、でもトータル三分もないから、ドッペルどっぷり倍速視聴通常装備世代にも、ギリ見てもらえるかなーって勝負したんだけど、うあー、なんか思ってた結果とちがったー。みんなドッペルで倍速視聴慣れしてて、こういう作品見慣れてないだろうから、絶対答え、わかんないと思ったのにー。あー、もー、どうしてくれんの、めいちゃん」

「俺?」

「でしょ。俺が謎解き役したかったのにー。そこがエンタメだったのにー」

それで明人は、くやしそうに駄々《だだ》をこねている矢野に、しれっと首をかしげると、淡々《たんたん》と告げる。

「え？」

「え、でも俺は、動画、めちゃくちゃおもしろかったけど」

明人の言葉に目をまるくし、もだえる動作をぴたりと止めた矢野に、明人は続けた。

「最初のグラスのシーンで、あ、これはセリフをただ追う系じゃなくて、自分ですみずみまで見て考えるタイプだってわかったから、映像の間の三分？　ずっと集中して見てられておもしろかったよ」

「……やだ、キュン」

明人の素直な感想に、急に照れたのか、矢野は胸に手をやると、指ハートをつくっておどける。すると、それに有空も乗った。

「私もー！　なんか今日どうなるかなと思ったけど、いつもと全然ちがう刺激ばっかで、めっちゃ楽しい！　矢野っちの意外な一面も知れたし！」

するとこ、琴子もかすかにうなずいた。

「まあ、確かに。いろいろな意味で期待が裏切られて、日常にはないスリルを味わうことができましたし、現在の動画作品のあり方に問題提起をしたという意味で、矢野くんの作品も、然《しか》るべき評価を受ける価値があると思います」

ふたりからの質のちがう賞賛を受けて、矢野は口に手をやり、とまどいながらもよろこびをもらす。

「まじ？　え、なに、こういうどんでん返し、あんの？」

そこには、いつも矢野が演じている道化とは異なる、自然な照れがあった。

それで明人は、まじめな顔でつけ加える。

「矢野、これさ、謎解き動画として投稿して、解答編としてもう一個、動画くっつけたら、話、広がるんじゃね？　解答編で、真っ暗になった夜中の無人リビングのソファの下から矢野が出てきて、おきっぱなしになってたグラスの溶けた氷の水、無言で飲み干すとか」

え、と言葉を失っている矢野の横で、有空がけらけらと笑う。

「えー、ホラーすぎる！」

「で、キッチンにならんだ二斤の食パン見て、家族全員にサンドイッチの朝ごはんつくってから、明け方に寝る矢野」

「急にハートフル！」

「そして、そのお礼として例の朝ごはんが準備されていて、トースト三枚の裏には、父母妹から、それぞれ矢野への感謝の言葉……」

「ハート乱舞！」

「かと思いきや、トーストを手に取った瞬間、矢野はタイムリープして……」

「まさかの続編？」

　有空の合いの手に乗り、明人が至極真剣な表情でアイディアを出していると、有空につられて笑っていた矢野がだんだんと前のめりの姿勢になる。

「待って、だったら……」

　すると、あきれていたはずの琴子もすぐに、「いえ、その展開には納得いきません」と参戦するに至った。

　こうして、まさかの矢野動画続編会議への突入によって、先ほどの琴子と有空の衝突はうやむやとなる。四人はその後しばらくの間、和やかに、そして自由に、それぞれが持っている最高級のくだらなさを、気兼ねなく夢中で口にし合った。

ただその中で明人だけは、本日、まだ誰も解いていないもうひとつの謎について、ひとり、ひそかに思いをめぐらせていた。

第9話 腹に一物《いちもつ》さらに密約

「……大丈夫なの？」

明人《めいと》が声をかけると、キッチンでお茶のおかわりを淹《い》れていた琴子《ことこ》は、体全体でびくりとして、手元の茶器からガチャンと大きな音を立てる。

それで明人は、決まりが悪くなって首のうしろに手をやった。

「ごめん、そこまで驚くとは思わず」

明人がそう言うと、琴子はゆっくりと顔を上げ、嫌そうな、ともすると、とても気味悪そうな瞳で明人を見て、しかめつらになる。

「そりゃ、驚きますよ。勝手に出歩かないでください」

「確かに。ごめん。用足しついでに、つい」

先ほどから明人たちが使わせてもらっている琴子の家のリビングは、矢野《やの》家のようにはキッチンに直結しておらず、矢野の続編のアイディア出しに盛り上がった結果、冷茶の消費量も増した三人に、お茶のおかわりを淹《い》れることを申し出た琴子は、一度、皆が集《つど》っていた部屋から出て、このキッチンへと消えた。

洗面所の場所は、本日、ここに到着した際、手を洗うために案内されており、その際、客用の化粧室——そう、ただトイレと呼ぶには忍びないほど立派な、しかし目的はまちがいなく用を足す場所——の位置も教えられている。思った以上の盛り上がりを見せている本日の集会は、すでになかなかの長時間に及んでおり、当然その中でそれぞれ何回か、用を足しに席を立った。

その過程で明人は、勝手に家を徘徊《はいかい》するようなマナー違反は、もちろん犯していなかったが、キッチンの場所についてはなんとなくあたりをつけており、こうして琴子がもてなしのために席を立ったタイミングで、琴子を追ってきたのであった。

「なんか、手伝う?」

と、明人は、使い方が想像もできない茶器をあやつろうとしている琴子の手先をながめ、一応、そう申し出てみる。

「いえ、結構です」

無事、断られた。

「……ちゃんと、手、洗ったけど」

「そういう意味で遠慮したわけじゃありません。グラスは、皆さんが今、使っているものをそのまま使っていただきますし、ポットだけならひとりで運べるので大丈夫ですよ。……先ほど、荻原《おぎわら》くんが大丈夫かどうかをたずねたその問いの真意が、そこでないのであれば話は別ですが」

そう言って琴子は、気まずそうに視線を落とす。

明人は、頬をかいた。そして、どう切り出そうかと言葉を選んでいると、琴子の方が先に、ふっ、と息をつく。

「確かに本来であれば、ここにこうして手伝いを申し出にくる役は、河野《こうの》さんが適任ですよね」

そう言いながら琴子は、なんでもないようすを装《よそお》いつつ、電気ポットではなく、やかんで沸騰させたらしいお湯を茶器にそそぐ。しかし、その横顔からはいつもの覇気と自信が薄らいでいるように見え、それは決して湯気のせいではないように思えた。

「『大丈夫?』『手伝うよ』。そのセリフは、荻原くんより河野さんのキャラクターに似合います。が、先ほどのいざこざのあとに私とふたりきりになる勇気は、さすがの河野さんにもなかった、ということでしょうか」

そう言って琴子は、元々《もともと》うつむいていた顔の角度を、さらに下げる。

唇を、かんでいるようにも見えた。

「……先ほどの会話は、河野さんの私への質問で終わっていました。もし、本当にあの質問の答えが知りたいのであれば、河野さんは今、私を追ってここに来ていたはずです。来ていないということはやはり、あの質問は、質問の体をなしていただけで実際には質問ではなく、質問の皮をかぶった私への糾弾であったということ。普段の河野さんであれば、思わず出てしまった自分の本音があのような空気をつくり上げれば、フォローとして、ここへやって来そうなものですが、来ないということは、結局、私は河野さんにとって、その程度の存在ということなのでしょう」

琴子はそこまで一気に言い終えると、ふっと息をはき、顔を上げて明人を見る。

「と、荻原くんもそう思って、河野さんのかわりに私をフォローしに来たのですか?意外ですね。荻原くんが、そういう気遣いをするタイプだったとは思いませんでした」

明人は肩をすくめる。

「意外は心外だけど」

「矢野くんみたいなセリフですね」

「ありがとう、俺のライムをひろってくれて」

「いえ」

「ただ、ごめん。ちがうんだ」

「ちがう？」

「や、俺が大丈夫かどうか聞いたのは……」

明人はそこで少し気まずくなりつつ、意を決して本意を口にする。

「猫」

明人のその一言で、琴子の瞳が飛び出そうなほど、大きく見ひらかれる。

しかし、その目はすぐにいぶかしげに細められた。

「……猫、ですか」

「です。いるよね、この家。全然見かけないけど、どっかに閉じこめてんの？　それって大丈夫？」

「なぜ、猫がいると思うんです？」

「や、だって、鮫島《さめじま》、家系《いえけい》でしょ。読書家、努力家、愛猫家《あいびょうか》」

「愛猫家でも、猫を飼っているとはかぎらないじゃないですか」

「そうだけど。でも、さっき、矢野がソファでクッションかかえた時、見えちゃったんだよね。クッションで隠してたんだろうけど、ソファの端がほころびてた。普通なら、ああ、年季入ってるソファなんだな、やっぱアンティークなんだろうな、で流せるけど、元々《もともと》愛猫家って聞いてたから、もしかして飼ってる猫が爪で引っかいちゃったのかなって思って。玄関とか廊下の何も載ってない棚も、あれ、棚じゃなくて、キャットウォークなんでしょ？　てか、なによりそこに、猫用のおやつあるし」

と、そう言って明人は、統一感のあるおしゃれなキッチンカウンターで唯一、異彩を放っている市販の猫用おやつの袋を指さす。その袋は、すでに開封されていて、最近も使われていることは明らかだった。

プロジェクターすら隠すほど、インテリアのテーマを徹底して統一しているというのに、猫用のおやつは、すぐにあげられる場所に出している。さすがは愛猫家だった。

それで今度は琴子が、肩をすくめる。

「まったく。それを確かめるために、勝手にキッチンまで来たんですか、名探偵モードのめいちゃんは。そうですよ、いますよ。長毛にゃんこ界のスター、メインクーン、ラグドール、ラガマフィンがね」

「や、急に呪文唱えられても」

「どれも長毛猫の猫種《びょうしゅ》の名前です。要は、我が家には大型の毛の長い猫が三匹いる、ということですが、心配はご無用です。もともと二階に彼女たち専用の部屋があり、今も彼女たちはそこで、悠々自適《ゆうゆうじてき》に過ごしています。室温管理、水や食事もすべて問題なく、定期的にアプリでライブ映像も確認しているので問題ないですよ。大丈夫かどうかへの答えは、こちらでよろしいですか？」

「うん、問題ないけど、廊下とかにもキャットウォークがあるってことは、普段は、別に部屋に閉じこめてないんでしょ？　なんで今日だけ？」

「……あの客間に入られると大変なので」

「客間？　え、あ、あそこ、リビングじゃないんだ？」

「客間です。家族用のリビングは、また別にあります。あの部屋には、値の張る美術品や家具がそろっているのですが、荻原くんのご指摘どおり、以前、私の不注意で下の子の侵入を許してしまい、その際、その子がソファで爪とぎをしてしまいました。それ以来、猫たちが入らないよう、普段はあの部屋は厳重に閉めきっているのですが、今日は皆さんに、あの部屋を使っていただくことにしたので、ドアの開閉のすきに入ってしまわないよう、猫たちには二階で過ごしてもらっているんです。さ、これで謎解き欲求は満たされましたか？」

「いや、まだだな。じゃあ、なんで今、猫たちのこと隠そうとした？」

明人が琴子の声にかぶせ気味にそう言うと、琴子は目に見えていらついたようすで顔をしかめる。

「……してませんよ、別に」

「猫のこと聞いたら、明らかにはぐらかそうとしてたけど」

「なるほど、めいちゃんの『明』は、なんでも明らかにしたい人という意味でしたか」

「ほら、はぐらかした。猫、見に行っていい？　河野とか、よろこびそうじゃん。矢野も、動画撮りたがるかもだし……」

「ダメです！」

と、そこで今度は、琴子の声が明人にかぶさる。

少し、あせったようすのその声に、明人は変わらず、淡々《たんたん》と続けた。

「なんで？」

すると、琴子はしばし視線を泳がせたあと、白状するようにため息をついて言った。

「矢野くん、猫アレルギーなんですよ」

「へえ」

「それも、そこそこ重度のタイプです。あの客間は、普段から猫が出入りしていないので毛なども落ちておらず、玄関や廊下などは徹底的に掃除をしたので、今は症状が出ていないようですが、猫たちがいたら、かゆみやくしゃみ、咳《せき》が止まらなくなるはずです。なので、我が家に猫がいることがバレて、猫を見に行こうという流れになることは、非常にまずい。猫がいるということは内緒にしておいてください」

「そっか。わかった」

そう言って、明人はうなずく。そしてそのまま、琴子が用意したお茶のポットの横にある、お菓子が入った木製のボウルを指差した。

「そっち、持とうか。そっちなら落としても被害少なそうだし」

ボウルの中には、月餅や煎餅などのほかに、有空《ありあ》が手土産として持ってきた一口マドレーヌが入っている。簡易包装のため、最初は有空の手づくりかと思ったが、「手づくり、生理的にダメな人もいるかなと思って、普通にうちの近くのおすすめの焼き菓子屋さんの買ってきた！」と、有空は到着時、けろりと笑って言っていた。つまり幸い、どれも明人が運び役を買って出て、万が一落としてしまったところで、致命的なミスにはなりそうにない。煎餅が割れる程度ならば、まあ、許されるだろう。

しかし、そう思って明人がボウルに手をのばすと、そんな明人を、琴子はまた気味悪そうに見た。

「……聞かないんですか？」

と、琴子は少し躊躇《ちゅうちょ》したのち、ゆっくりとそうたずねる。

「何を？」

「私が、どうして矢野くんが猫アレルギーだと知っていたか、です。グループトークでは聞いていませんし、私と矢野くんが個別でやりとりするような仲だとは思っていませんよね？」

「や、それは知らないけど……」

明人は、ボウルを持つと、改めてその中身をのぞきこみ、数分後の未来でどれを口にしようかと物色をする。そして、決めかねながら、言った。

「俺の知りたいことは知れたし、これ以上は、別にいい。戻って矢野たちに言ったりもしないよ」

「……いいんですか」

「いいもなにも。それが、今日、こんなに気合い入れて、俺たちを招いてくれた家主に対する最低限の礼儀かと」

と、明人は、琴子が今日、用意をしてくれた、明人がこれまで口にしたこともないようなお茶やお菓子を見つめながら言う。

そして、少しだけまよったすえに、続けた。

「あと、これ、俺が言えることでもないんだけど、別に友だちって、いなくていいなら無理につくらなくていいし、ひとりが好きって、悪いことじゃないっていうか、むしろ、自分で自分を満たせるってかっこいいと思う。でも、もし、友だちになりたいっていうやつらがいるんだとしたらさ……」

明人は視線をお菓子のボウルに固定したまま、やっと、部屋に戻ったら、まずあの煎餅を食べよう、と心に決める。決めてから、言った。

「こうやって相手の知らないところであれこれ考えて気を遣うより、シンプルに本人に伝えて会話した方が早いし、案外向こうもうれしいんじゃね」

明人の言葉を受けて、琴子の頬に、さっと赤みが差す。

それを明人は、きちんと見て見ぬふりをしたつもりだったが、琴子の羞恥心は、おそらく人生で初めての部分を刺激されて、混乱したのだろう。琴子にはめずらしい見切り発車で、琴子は頬の紅潮をごまかしにかかった。

「荻原、くんは……」

その声は、ほんの少し震えている。本人もすぐにそれに気がつき、んんっと、喉を整えると、弱みをにぎられてもあきらめない、不屈の精神を見せつけるかのように、明人にたずねた。

「荻原くんは、猫アレルギーですか？」

言うなり、琴子はきゅっと唇を結び、明人を正面からねめつける。

明人は、それが本当の意味での「問いかけ」ではないことに気づいていながらも、あまりわざとらしくならないように首をかしげながら、素直に答えた。

「さあ。たぶん、ちがうと思う」

　キッチンに、しばらく硬い沈黙が流れる。

　琴子は、それでもしばらく明人をじっと見つめていたが、やがて、視線に込めていた攻撃性を静かに自分の中にまるめこむと、今度は逆にいそいそ落ちつかないようすで、目の前のポットを持った。

「行きましょうか。急がないと、私たちのいないところで矢野くんの続編が、ノリだけで妙なところに着地してしまう恐れがあります」

　それはまったくもってそのとおりだったので、明人は大きくうなずく。

「確かに」

　それで明人は琴子とつれだって、琴子の家の豪奢《ごうしゃ》なリビング、もとい、客間に戻った。そこでは矢野が、有空に必死に何かを説明していて、有空はそれに屈託のない笑顔を返している。

　そんなふたりに、琴子は咳《せき》ばらいをして、割って入った。

「ちょっと、おふたりとも。人が労働している間に、勝手に話を進めないでください。話はどこまで進んだんですか？　今すぐ、ダイジェスト版をお願いします」

「お、聞く？　聞いちゃう？　ティッシュ用意しといた方がいい案件だけど、大丈夫？

全米どころか全有空が泣いたけど」

「や、河野、今、めっちゃ笑ってたけど」

そう言いながら、明人はテーブルの上にお菓子のボウルをおき、元いた場所に腰を下ろす。それをきっかけに、矢野は大きな身ぶり手ぶりをまじえながら、明人たちが不在の時間に練られたアイディアを披露し、それを明人と琴子と有空は、全てが米でできた煎餅を口にしながら聞いた。そして、最終的には琴子が、煎餅を粉々《こなごな》に割るかのように、矢野の脚本にダメ出しをする。

しかしその最中、琴子は、真顔と見せかけて、なにやら楽しそうで、有空もそれに、いつものように明るく合いの手を入れている。

それを見て明人は、よかった、と、ほっとした。

そしてそれ以上は、誰の邪魔もせず、静かに聞き役にまわる。

こうして、琴子の講演会からぎこちなく始まった八月十六日は、最終的には和やかに、それぞれの心に、これまでの夏休みとはちがった刺激をもたらした。

だから、その翌週の八月二十三日。

夏休みの登校日の朝に、まさか矢野が、廊下で六反田《ろくたんだ》をなぐって教員室行きになるとは、この時点では、誰も予測していなかった。

第10話 草むしり無視無理め

「……で、なんで？」

夏休みの登校日。

朝礼間際《まぎわ》の廊下で、矢野《やの》が六反田《ろくたんだ》をなぐり、教員室行きになったというニュースは、瞬《また》く間に学年中に知れ渡った。少しやんちゃな風貌をした矢野は、あくまで「やんちゃ風」であり、これまでそんな騒動など起こしたことはない。幸い、六反田のケガは大したことはなく、口の端が切れた程度で、六反田自身が騒動を大きくすることを拒否し、「自分はなぐられてなどいない、よろけてぶつけただけだ」と主張したので、親の呼び出しや停学処分などの話にまでは至らなかった。しかし、すべてをなかったことにするには、あまりに目撃者が多く、結局、学校側は、「廊下で騒いだこと」への罰として、矢野に、人通りの多い校舎前の花壇の草むしりをするという謎の処分を科した。

だから終礼後、炎天の中、ぬらしたスポーツタオルを頭にかぶり、ひとり草むしりをしていた矢野のもとへ、明人《めいと》はそっと訪れ、となりにかがみこむと、開口一番たずねた。

「なんで」、と。

すると矢野は、少し間をおいたあと、顔も上げずに、ぼそりとたずねかえす。

「……なにが？」

「や、なんで矢野って、河野《こうの》のこと好きなのかなと思って」

と、明人がしれっと有空《ありあ》の名を口にすると、矢野が盛大にふき出す。

そして、ばっ、と明人の方を向くと、軍手をした右手で赤くなった顔を隠しながら、しどろもどろに口をひらいた。

「は？　え、な、なんで？　てか、や、そこは『なんで、六反田のことなぐったの？』じゃないんかーい」

混乱が、いつもより矢野の言葉のキレを悪くしている。しかし、明人がなにごともなかったかのように肩をすくめ、ポケットから軍手を取り出して草むしりを手伝いはじめると、矢野はさらに目をまるくした。

「え、わざわざ軍手借りてきたん？」

「や、マイ軍手」

「なんでやねん」

「俺、じいちゃん子だから」

「え、わかんないわかんないわかんない。こわいこわいこわい」

「なんでだよ。や、じいちゃんもういないんだけど、最近、ちょいちょいじいちゃんの家の遺品、片づけててさ、それでいつも軍手、鞄《かばん》に入れてる」

「……じいちゃんちにおいとけよ」

「やだよ。父親とかに使われんじゃん」

「思春期か」

「です」

「だな」

「だからおまえ、六反田、なぐったん？」

「急に核心。めいちゃんのマイペース、リズム感斬新すぎて、ノってて船酔いするわ」

「で、河野のことはなんで好きなん？」

「あー、もー！」

ぶちぶちとリズムよく、慣れた手つきで雑草を引っこぬいていく明人の横で、矢野がさけびながら頭をかかえて立ち上がる。

そして、キッと明人を上からにらみつけると、なげやりな調子で言った。

「有空とは中学からいっしょで、あんだけかわいいから当然、中一からずっと気になってて、仲よくなってからも、有空、ノリいいし、いつも笑ってて、その上、周りに気ぃ遣えるとか、好きになるしかなくて、普通に片思い。六反田は、この前の動画、六反田にも送ってやったのに、既読スルーされて、朝、廊下で会った時、見たか聞いたら、見てないって言ったから、なぐった。以上」

そこまで一気に言い終えると、矢野はふんっと鼻を鳴らし、どかっとまたしゃがみこむ。そして、先ほどよりも強い力で、憂さを晴らすように草をむしりはじめた。

明人はそんな矢野を、しばし無言でながめたあと、しみじみと口をひらく。

「想像のななめ上をいくシンプルさだな」

すると矢野から、うなるような低い声が返ってくる。

「自分でもびっくりしてるよ。わかってる。俺が悪い。暴力はダメ絶対ってこと以前に、元々《もともと》、動画送ったこと自体、まちがいだった。あの日、ＫＴＫの家でみんなに褒められて、そのあとの時間も楽しすぎて、調子に乗った。続編つくんのに、六反田だけハブにすんのはかわいそうっていうのはハリボテクラスの建前で、本音は、『おまえが一瞬で切り捨てたコミュニティは、こんなに楽しいんだぞ』って自慢したかったたっていうか、要はどっかで六反田のこと、下に見たかったんだと思う。地に足つけて毎日勉強してる六反田とちがって、映像に関わる仕事がしたいっていうふわふわした感じの夢に、ダサいくらい本気になりはじめちゃった自分がこわくて、とにかく人に認められたくなった。ドッペルより、人に」

矢野はそこで、自分の言葉で何かに気づかされたように、言葉をスローダウンさせる。そして、少し考えるような間をとり、頭からたれているタオルで顔の汗をぬぐうと、すーっと大きく息を吸いこみ、言った。

「めいちゃん。あの日さ、俺、本当はドッペル再生してから、ＫＴＫの家、行ったんだ。俺、ドッ禁、できなかったんだよ」

と、矢野は、力のぬけた声で白状した。

そんな矢野に、明人はいつもどおり、別段大きなリアクションはとらない。そんな明人を見て矢野は、ほっとしたような、あきれたような笑顔を見せた。

「お見通しだったって感じ？　名探偵のめいちゃんには」

「いや、全然。今、心底驚いてる」

「マジか。表情筋、夏休み満喫しすぎじゃん」

「え、で、ドッペル再生では、あの上映会、どうなる予定だったわけ？　あの日のおまえのリアクション、全部わかった上での演技だったら、おまえもはや、つくり手より演者でアカデミー賞目指した方がいいと思うんだけど」

「や、あれはマジリアクション。だって、ドッペルと展開全然ちげーんだもん。ドッペルでは、めいちゃんなんて、ドッペルの画面に全然映りこんでこないくらい、いつもどおり一言もしゃべってなくて、上映後は俺が解説して、有空から褒められる流れだった。だからあの日、みんながあっさり、あれが俺の朝ごはんだって答えた時、本当は『こいつら全員、ドッペル再生してきたろ』って思ったけど、履歴見せろって言ったら、俺も見せなきゃならなくなるかもでヤブヘビすぎだし、結果、現実でも有空に褒められたから、ま、いっかってなって。しかもそのあとの続編会議、めちゃくちゃ盛り上がったじゃん？　あれって、ドッペルではなかった流れなのよ。だからびびったけど、でも俺、あの時間がさ……」

矢野の声のトーンが、いつもよりも落ちついたものになる。

そのまま、矢野は言った。

「すっげぇ、楽しかったんだよね」

矢野は、前を見すえたまま続ける。

「俺らっていつも、なんでもドッペルで確認してから行動すんじゃん？　今回、本当は俺もドッ禁して、ドッペルなしで上映会って思ってたけど、結局は有空にどう思われるか気になりすぎて無理で、ドッペル再生した。なのに実際は、自分が全然知らない未来になって、あの時、俺、めっちゃアドレナリン出てた。ドッペルとあんなにちがう未来生きんの初めてで、想定外すぎてめちゃくちゃこわかったのに、どっかで興奮もしてて、みんなが俺の動画にアイディア乗っけてくれんのとかも、楽しすぎて。正直、ドッペルで見た未来より、あの日の方がずっとよかった。なんであんなに未来がずれたのか知らんけど、でもこの一週間、あの日のことを思い返すたびに、ちょっとゾワッとすんの。もしかしたらこれまでも、ドッペルで判断してあきらめた未来とか、修正した未来より、ドッペルなしで生きた未来の方が楽しかったことがあったのかもって思えて、急にそのことが惜しくなった。や、今さらどうこう言ってもしょうがないんだけど、でも、実は俺さ、有空に百回ふられてんだ」

矢野がちらりと明人を見やる。先ほど、明人がさらりと矢野の有空への好意を口にした時と同じさりげなさを演出したかったようだったが、明人の反応はあいかわらず薄く、矢野は結局さっさと、種明かしをした。

「や、もちろん、現実でじゃなくて、ドッペル内で、なんだけどさ。俺、これまで何度も、今度こそ有空に告白しようって思って、シチュエーションとか告白方法とか、いろいろ考えて準備したことあんのよ。けど、いざドッペルかけると、毎回見事にふられんの。矢野っちのことは、そういうふうには見られないって、手を替え品を替えしても、その理由は変わんなくて。で、なら、告白なんかしちゃダメじゃん。気まずくなって、有空に迷惑かけるだけになるわけだし」

「……告白することで意識してもらって、のちのち実るってパターンもあんじゃないの？　知らんけど」

「それ確かめるほど長くドッペル再生してられんわ。一度、告白しちゃったら、もう取り消せないわけで、そんな勝負、出られないっしょ」

「そういうもんか」

「そういうもんですよ」

矢野はそう言って、目の前に咲き誇る一輪の可憐《かれん》な花に、指先でそっとふれる。

そして、ため息をついた。

「けど、今回の上映会でドッペルの予測がはずれてさ、もしかして、ドッペルでダメでも実際には意外に、ってことも起こりえんのかなとか考えちゃって、で、いろいろもやもやしてる中で、俺、気づいちゃったのよ。俺、ドッペルでは有空に百回告白してんのに……」

矢野は、花にふれていた手を、ゆっくりと引っこめる。そして、はーっ、と長く息をはきながら言った。

「本当はまだ一回も、有空に好きって言ってないんだよなあ」

矢野のそのつぶやくような声は、夏の蝉《せみ》の群勢の声に今にもかき消されてしまいそうで、だから明人は言った。

「まあ、バレバレだけどな」

「……なあ、そうなん？　てか、そう、なんでめいちゃんにバレてんの!?」

「や、わかるだろ。グループトークのメッセージとか、いつも河野だけ、『有空』ってちゃんと漢字表記だし、鮫島《さめじま》んちで鮫島と河野が一瞬バトった時も、すぐさま間入って、火消ししてたし。それ以外も全体的に、やたら河野のフォローだけ手厚すぎ」

明人が雑な推理を披露すると、矢野は実に不服そうに「えー」と声をもらし、「んなことないと思うけど」と、首のうしろに手をやりながら、その首をかしげた。

と、その時。

「そうなんだ。俺は知らなかったけど」

花壇の前にならんでしゃがみ、ああだこうだと言っていた矢野と明人の上に、ぬっと大きな影が現れたかと思うと、そんな落ちつきはらった声が急に会話に参加してきて、矢野と明人の手と口は、ぴたりと止まる。そして、ふたりがゆっくりと顔を上げると、そこには六反田が立っていた。

手にスポーツドリンクを二本持った六反田は、気難しい表情のままそれを矢野と明人に差し出すと、そのまま矢野のとなりにではなく、明人のとなりにしゃがみこむ。

それで矢野は、あっけにとられた表情で、六反田と、自分の手の内のスポーツドリンクを交互に見やった。

「え。え？　なぐられた方から差し入れされる草むしりとか、どういう方向の罰ゲームなん？」

と、矢野は、いつものおちゃらけをせいいっぱい発揮しながら、明人ごしに六反田へ向けて軽口をたたく。すると六反田はしれっとした顔で言ってのけた。

「や、おまえのそれは、ゲームじゃなくて、純粋に罰だろ」

「残念だよ、六反田。正論は時に人を傷つけるって、おまえの教科書には載ってなかったか。てか、じゃあ、なにしにきたんだよ。見物か。物見遊山《ものみゆさん》ってやつか」

「どこの観光名所気取りだよ。ちがう。普通に謝りにきた」

「は？」

と、そこで矢野が、けげんな顔をする。

「謝罪を要求しにきたわけではなく？　てか、ケガ、大丈夫なん？」

動揺のあまり、矢野の生来の人のよさが出てしまっている。それで明人もちらりと六反田の顔を見やると、六反田の傷は思ったより目立たず、口の端がほんのわずかに切れている程度だった。六反田はうなずく。

「別に、ほぼ当たってないし。むしろ俺がおおげさによけたから、逆にすげぇくらったみたいになって、ごめん」

「え、謝罪ってそれ？」

「や、ちがくて。さっきの俺の発言は、確かに無神経だったなと」

「ど、どうした、おまえの道徳の教科書、俺のと違いすぎんだけど」

と、矢野がおののくと、六反田は少しイラッとしたようで、横目で矢野をにらみつける。

「まじめに話してんだから聞けって。さっきは悪かったよ。おまえの動画、バカにするようなこと言って。まさかおまえがあんな怒ると思わなくて、なぐられてから自分の配慮のなさに気がついた」

六反田の妙に素直な言葉に、矢野は気味悪そうに表情を引きつらせる。

「え、マジでなんなん？　や、大丈夫よ？　なぐったの俺だし、そんなフォローせんでも、おまえの内申には響かんでしょ。俺も別に言いふらさんし」

「や、そういうんじゃなくて」

と、六反田は矢野にうまく伝わらないことにいらだちを募らせているようで、若干、語気を荒らげながら続ける。

「俺がおまえの動画を見なかったのは、つまらなそうだったからじゃない。自分がつまらない人間だって思い知らされる気がして、こわかったからだ」

「うぇ?」

六反田のまっすぐな告白に、矢野の声が裏返る。

そのまま矢野は、おっかなびっくりといったようすで、続きをうながした。

「ええっと? つまり?」

「ドッ禁。あれ、俺、自分の意思で冷静にやめた感じでぬけたけど、本当はかなり、敗北感に打ちのめされてた」

「ハイ、ボク、カン?」

「トンチンカンみたいに言うな。てか、まじめに聞けって言ってんだろ」

「や、悪い。まじめに意味わかんなくて。なぜに敗北?」

「……俺、ドッ禁はじめてすぐに、体中から冷や汗が出て、ずっとそわそわして、勉強どころか何も手につかなくなったんだ。そのうち動悸《どうき》も激しくなって、呼吸の仕方すらわからなくなって、だから、すぐやめた。正直、まさかこんな禁断症状が出るほど、自分がドッペルに依存してたなんて知らなかった。ドッペル再生しなくなったところで、その時間、勉強してればいいだけなんだから余裕だろって、たかくくってた。なのに、いざはじめたら、まさかの体が勝手に音《ね》をあげて……。みじめだったよ。結局、俺は問題集の答え合わせをするようにしか自分の人生を生きられない、自分や他人の想像の範囲内の行動しかできない小さな人間なんだって、証明させられた気がした。トークルームからぬけたのも、自由と個性の塊みたいなおまえらに、自分とのちがいを見せつけられ続けるのがこわかったからで、なのにおまえが、グループぬけた俺にまで、キラキラ動画送ってきたから、ムカついた。ドッペルなしでクリエイティブなもん、発表できるとか、おまえ、どういうバケモンなんだよって」

六反田の口調は、途中からいじけた子どものようになり、しゃがみこんだ姿勢のまま、指先で目の前の草をいじりはじめたことで、そのいじけは動作もともなった。

そんな六反田を、矢野はとうとう茶化さずに、じっとまじめな表情で見つめると、おもむろに口をひらく。

「あーっと、それでいうとごめん。俺も、実はドッペル我慢できなくて、上映会前に再生しちゃったんだわ」

「……は？　マジで？」

「ごめん、憧れの君でいられなくて」

矢野と六反田は、見つめ合ってしばらく無言を共有する。それで間にはさまれた明人は、さすがにいたたまれなくなり、口をはさんだ。

「え、てか、結局、六反田、さっき、矢野になんて言ったん？　矢野はただ六反田が動画見なかったからなぐったって言ってたけど」

すると六反田は、一瞬、間をおいたあとで、しれっと答える。

「『俺は、そんなくだらないもので時間を無駄にできるほど暇じゃない』って言った」

それで明人も、しばし閉口する。

一見、大したことのない言葉に思えたが、吟味してみると、なにかと主語を省略しがちな日本語において、わざわざ「俺」と主語をおき、しかも助詞の「は」まできちんと発音しているところに、なかなか高い攻撃性を感じるセリフだ。そこに、矢野が先ほど語っていた、ここ数週間の矢野のもやもやとした気持ちを背景として重ねると、その結果が、今朝のようなアクション映画のワンシーンになってしまったことは理解できなくもなかった。

しかし、それを今、当事者のふたりに解説したところで、事態は好転しないだろう。

それで明人は、長い沈黙のあとに淡々《たんたん》と、重要な事実だけを伝えた。

「マジか。あれ見とかないと、続編で矢野家が海王星で再会した時、食パンの色見て泣けないけど大丈夫？」

大まじめな明人の問いを受け、六反田はしばらく無表情のまま、明人の言葉をすみずみまで解析するようにじっくり時間をとると、ゆっくりと結論を口にする。

「……いや、ダメかもな」

その答えを受けて、明人は大きくうなずく。

「だろ」

すると六反田は、なんとも言えない複雑な顔になって、

「というか荻原《おぎわら》、おまえ、なんで……」

と、たずねかけた。

しかし、その時。

矢野と明人のポケットの中のスマホが、同時にメッセージの着信を告げ、矢野がい

ち早くそれに反応する。

「あ、有空だ」

と、矢野が声に出したとおり、メッセージの送り主は有空で、それは明人も含むドッ禁のグループトークに送られてきたメッセージだった。

そこには短く一言、こうあった。

> **ありあ**　ね、ドッ禁、もうやめよっか

その突然のメッセージを受けて矢野は、目をむき、フリーズする。

しかしすぐに、すでにグループからぬけていてメッセージを受信できていない六反田に自分のスマホの画面を見せると、有空のそのメッセージの内容を、声にも出す。

「有空が、もうドッ禁やめようって」

声は落ちついていたものの、やはり動揺はしているようで、矢野は六反田が有空のメッセージを理解したことを確認すると、右手の軍手をはずして、その場になげ捨て

る。そして、急いで有空に返事をした。

YANOかーい　どした？　なんかあった？　てか、俺のせい？

ありあ　ううん、ちがくて　ほら、私、ドッ禁中、SNSあんま見なくなっちゃってたじゃない？　で、今日、久しぶりに登校して、みんなと話してたら、なんか、話、合わなくなってて、こわくなったの　琴子《ことこ》ちゃんには、そんなの自分がないからだーって怒られそうだけど、でも私はやっぱり、みんなと同じ流れに乗ってるのが好き　だから、ごめん

と、有空の長文メッセージを矢野と明人がそれぞれ読み、流れで六反田にも見せていると、すぐに琴子からもメッセージが届く。

ＫＴＫ　別に私は怒りませんよ。河野さんのその考えもまた個性で、社会を円滑に回してくれているのは、むしろ河野さんのような方なのでしょう。その生き方が河野さんにとって苦痛でないのであれば、なんの問題もありません。私も今回のことで、河野さんや矢野くんのような自分とはちがう生き方の人間と話す機会が得られ、とても有意義でした。ありがとうございます。

まるで、イベントの締めの挨拶のような琴子のメッセージを受けて、思わず明人たちは、顔を見合わせる。矢野の顔は青ざめていて、それで明人は、無言のまま、自分のスマホに指をすべらせた。

荻原明人　了解

と、明人はその一言だけを送る。そして、なにごともなかったかのようにスマホをポケットにしまうと、その場にしゃがみこみ、草むしりを再開した。

「矢野も、一言送っとけば？　了解、だけで伝わるっしょ。てか、早く終わらせようぜ。暑いし」

それで、六反田は空気を読んだのか、

「これ、借りるわ」

と言うなり、矢野が先ほど捨てた軍手をはめると、明人とならんで草をむしりはじめる。となれば、当事者の矢野が動かないわけにはいかなくなり、矢野はしばし神妙な顔をしたあとに短くメッセージを打つと、軍手を利《き》き手《て》にはめかえ、草むしりを再開した。しかし結局、しばらく経ってから、はあーっと大きく長いため息をつく。

「俺のせいだよなあ……」

残念ながら明人も六反田も、矢野のその言葉を否定できるほど、器用ではなかった。

そしてその後、矢野に罰を言いわたした教師がようすを見にきたことで草むしりの会は終了となり、その時にはもう、有空のＳＮＳには、ドッ禁中止の投稿がなされていて、そこにはすでに多くのコメントがついていた。

aria_dayo0517

ずっとがんばってたドッ禁だけど、ここで中止することにしました。
でも、後悔はないんだ。ドッ禁で結構、自分の生活見つめなおせたとこあって。
だから、これからはドッペル再生とドッ禁のいいとこどりしながら、
新しい自分になる！
それで、今よりちょっとだけでも、強くてやさしい自分になれたらいいな。
なんて、なんか語っちゃった。
でも、それくらい、深い経験だった！
応援してくれたみんな、本当ありがとー！！

ありあちゃん、だいじょーぶ？

やっぱ、今日のアレのせいだよね

ドッ禁するとキレやすくなるって本当だったんだね

アレってなに？

ドッ禁のストレス、やば　ありあちゃんよくがんばったね――‼

中止？　すなおに、やっぱりできませんでした、ごめんなさいって言えば？

思わせぶり投稿とか草　結局、ドッ禁のいいとこなんだったか言えし

ドッ禁で自分の生活を見つめなおせてよかったって、

ありあちゃん、ちゃんと言ってんじゃん　日本語読みなよ

え、てか、アリア、写真、全部消してない？　どした？

なんで投稿全消し⁉

新しい自分になるためってこと？

コメントを追加

コメントのとおり、どうやら有空は、最新のドッ禁中止を知らせる投稿以外の、全ての過去の投稿を消去したようだ。有空のページに現在残っている投稿は、夏の光がまぶしい空の写真とともに投稿されたドッ禁中止の宣言のみ。その行動に関し、有空は真意を自らの言葉では説明していなかったが、のちに伝え聞いたところによると、やはり、有空がドッ禁中止を言い出したきっかけは、矢野が六反田をなぐったことにあったらしい。ドッ禁をするとキレやすく情緒不安定になって危険だ、という噂がその日のうちに一気に流れ、ドッ禁中の有空たちが白い目で見られはじめた。

有空が投稿を全消しした理由が、矢野への注目を自分へ向けることで散らそうという善意からくるものだったのか、ただ単に有空の中で本当に心境の変化があったからなのかどうかはわからない。ただ、有空は空気を読みのがさない人間だ。その有空の嗅覚が、この半ば強引なドッ禁中止を決断したのであれば、それはきっと、正しいことなのだろう。

しかし、この日を境に、ドッ禁メンバーのグループトークでの会話はなくなり、だから明人は、夏休みの最終日、有空を呼び出した。

第11話 黒幕たちの舞台裏

夏休み最終日。

明人《めいと》が初めて個人的に有空《ありあ》に〈話がある〉とメッセージを送ると、あろうことかその日のうちに、明人は有空と、有空の自宅近くの公園で、夕暮れ時に待ち合わせをすることになった。

そして、約束の時間の少し前に明人がその公園の木陰に立つと、有空は時間ぴったりにやってきて、明人から少し離れたところで立ち止まり、開口一番たずねた。

「なあに？　明人くん。話って」

今日の有空は、自宅近くということもあってか、ジーンズにスニーカー、ドロップショルダーの白Tシャツという、とてもスポーティーな装《よそお》いをしている。髪もただ下ろしているだけで、持ち物も、右手にスマホをそのままにぎっているのみ。それだけ着飾っていないというのに、有空は今日も、有空が有空であるという魅力を、どうしても隠しきれていない。

そんな有空を前に、明人は通常どおりのテンションで切り出した。

「や、大した話じゃないんだけど、夏休みが終わる前に、これだけ言いたくて」

明人の言葉に、有空は小さく首をかしげる。

それで明人は遠慮なく、さらりと続けた。

「犯人はおまえだな、河野《こうの》」

有空が、目をまるくした。

しかし、明人は有空が口をひらく前に、そのまたたみかける。

「今回のドッ禁企画。夏休み前に俺に声をかけてきた時、河野はこれが矢野《やの》の発案だって言ってたけど、本当はちがうだろ。黒幕は河野、おまえだ」

有空の表情が止まる。その静止した表情の状態で、有空は声も静かにたずねた。

「黒幕？」

それで明人は、用意していた答えを口にする。

「そう。最初からこの企画は、矢野が仕切っているように見えて、実はいつも、河野の発言が動かしてた。企画のルール決めの時も、矢野はなにかと河野に意見を求めてたし、矢野が決めているように見えて、そこにはいつも河野の意見が反映されていた。たぶん企画の立ち上げ自体、はっきりと頼んだわけじゃないにしろ、河野が矢野にこんな企画があったらおもしろそうだって、さりげなくアピールして、矢野に企画させたんだろ。矢野の、河野への好意を利用すれば、そそのかすことは難しくない」

「わー、悪女。明人くんのその言い方、私、悪女感はんぱないね」

明人に突然推理をつきつけられた有空は、最初こそ一瞬動揺したものの、すでにもう笑顔すら見せはじめている。それどころか有空は、逆に明人を試すようにたずねた。

「でも、その理由は？　私、なんでそんなことしたの？」

明人は顔色を変えずに続ける。

「これはあくまで俺の想像だけど、たぶん、炎上の種をごまかすため」

明人はそこで有空の反応を見たが、今度は有空が顔色を変えない。何も言わない。

だから明人は、さらに踏みこんだ。

「河野はドッ禁開始直後の投稿からずっと、SNSで『炎上するかも』『やらかすかも』って前置きしながら、何度も『ごめん』って謝ってた。まるで、すでに炎上してるんじゃないかってくらい、何度も、何度も。その上で、この間の鮫島《さめじま》の講演会のあとの、『自分の上位互換なんて山ほどいる』、『いつか自分の道はまちがってたって言われそう』発言。あれだけフォロワーがいるのに、河野はずっと自己肯定感が低くて、違和感があった。だから思ったんだ。河野は、なにか自分をうしろめたく思うような投稿を、過去にSNSにしてるんじゃないか。だからこそ、今回の騒動のどさくさにまぎれて、投稿を全消ししたんじゃないかって」

明人が話している間、有空はだんだんとうつむいていく。そして、ふーっと長い息をつくと、言った。

「そっか。さすが、名探偵のめいちゃん。すごいね。うん。そうだよ」

「あっさり認めんじゃん」

「うん。目的は達成したから、もういいの。ぜんぶ、めいちゃんの言うとおり。私のアカウントってさ、日常の風景をいい感じに見せられるカメラアングルとか、プチギフトを豪華に見せるちょっとしたラッピングのコツとか、そういうのをゆるーく投稿してたら、たまたまフォロワー数がのびたってだけなの。でも、そういう、ちょうどいいセンスのアイディアなんて、私、凡人だからすぐに尽きちゃって」

　そう言って有空は、自嘲気味に笑う。

　そして、明人ではなく、何もない宙を見つめながら、小さく息をはいて笑った。

「最初は本当、なんの気なしに楽しんでやってたんだけど、フォロワー数増えちゃってからは、もう気のぬけた投稿なんかしちゃいけないんじゃないかって、勝手に気持ちが追いつめられちゃって。別に誰に頼まれたわけでもないのに、せっかくフォローしてくれた人たちを裏切っちゃいけないって思っちゃったんだよね。ううん、ごめん、キレイゴトだね。そうじゃないな。なんていうか私、昔から人に嫌われることがいやで、できることなら、全世界の人に嫌われたくなくて、一度増えたフォロワーが減ったら、それは、その人たちに嫌いって思われたってことになる気がしてこわかった。プライド高すぎって言われたら、本当、それまでなんだけど、なんかね、ダメなんだ。私、つい、全人類にいい子ぶっちゃうの」

　そのまま有空は、その苦笑の中に、また別の種類の苦しみを落とす。

　有空の瞳が、後悔でゆれた。

「そんな時にね、いとこのお姉ちゃんがオーストラリアに留学したの。それで私も興味本位で、そのいとこのお姉ちゃんの投稿とか、お姉ちゃんの留学先の友だちの投稿、いろいろ見てて……。最初はただ、わー、海外の人の投稿、おもしろいなーって、お姉ちゃんのアカウントからいろんなアカウントに飛んで、ぼうっと見てまわってただけだったんだけど、そのうちにね、いとこのお姉ちゃんの友だちの友だちの友だち、くらいの、結構、距離ある人が、すごく私の理想に近い写真とかライフスタイル系の投稿、いっぱい上げてるの見つけちゃって。それで私、『一般人で、私のまわりとはつながりっこない海外の人だからいいや』って出来心で、つい、投稿、まねしちゃったんだ。まねっていうか、うん、パクり。構図とかアイディアとか、まるっとだったから」

有空が頬をかく。

その仕草はまるで、頬にためこまれていたその言葉にこびりついていた汚れを、爪でカリカリと神経質に、なんとかこそぎ落とそうとしているかのようだった。

そのまま、有空はゆっくりと視線を落とす。

「けどそしたらね、私たちが高校入ってすぐ、その人が向こうでプチブレイクして、日本人のフォロワーも増えはじめちゃったの。それで、ヤバいってなって、あわててその人関連の投稿、消したんだけど、でも、そこそこ量あったから、それだけ消えてることに誰かが気づいたら、結局バレるかもしれないって、消してからもずっとドキドキして……。バカみたいだよね。投稿する時、ドッペルで炎上しないこと確認したからって、それはほんの数時間後のことだけで、数か月経ってから炎上することだってあるのに、なんで、私、その時の再生だけで、大丈夫って思って投稿しちゃったんだろ……。って、後悔、そこじゃないよね。我ながら、倫理観こわれ気味」

有空は先ほどから、自分のすべての罪を理解している。

それはつまり、有空がこのことについて、これまで何回も、何十回も、思考と後悔をくりかえし、ありとあらゆる観点から、反省を重ねてきたということなのだろう。

自分の言葉で傷ついていく有空を前にしながら明人は、自分の手が、有空を手当てするためのものを何も持っていないことに気がつく。

しかし、有空はもともと、明人の手当てなど当てにしていなかったのだろう。

明人からの言葉を待つことなく、有空はすぐに声のトーンを切りかえた。

「それに、消したところで、じゃあ、これからどうしようってなった。情報源が絶たれちゃったから、もう今までの頻度じゃ投稿できない。それで、今回の企画、思いついたの。ドッ禁っていう特殊な体験をすれば、自分を見つめなおして投稿のスタイルとか頻度変えますって言っても、不自然じゃないかもって思ったし、そのためにってことで、これまでの投稿全消ししちゃえば、一部の写真だけ消えてることに気づかれないと思った。そう、だからぜんぶ、明人くんの言うとおり。私は、自分のこの個人的すぎる目的に、みんなを巻きこんじゃった悪女なの。でも、図々《ずうずう》しいこと言っていいなら、まさか矢野っちと六反田《ろくたんだ》くんがあんなことになるとは、本当に思ってなかった。それだけは信じてもらえたらうれしい」

言いながら有空は、スマホをにぎった手にぎゅっと力をこめる。

特に根拠はなかったが、その仕草から、おそらく有空のその言葉は本当なのだろうと、明人は勝手に確信した。だから明人は、

「そっか」

と、それ以上、有空を責めることも諭すこともせず、ただ納得してうなずく。

すると、有空は顔をゆがめた。

「それ、だけ?」

そう言って、明人の顔色をうかがった有空の声は、ほんの少し怯《おび》えをおびている。

それで明人は、首をかしげた。

「え？」

「明人くん、私が黒幕だって自白させるためだけに、今日、私のこと、呼び出したの？」

有空の言葉が、とまどいと不安で途切れがちになる。

それで明人はやっと、今日の有空の装《よそお》いの理由に納得がいき、思わず改めて、有空をしげしげとながめてしまった。

そう、有空は今日、この公園に来てからずっと、明人に怯えていた。

だから有空は先ほどからずっと、明人から一定の距離をとっている。

だから有空は今日、走って逃げやすいジーンズとスニーカー姿でやってきた。

だから待ち合わせ場所を、すぐに家族に助けを求められる自宅付近にした。

有空がずっと手ににぎりこんでいるスマホは、もしかするともう、ボタンひとつで一一〇番につながる状態になっているのかもしれない。

そこまで思い至ると、明人は心から有空に申しわけないと思った。

それで、すぐに首を横にふる。

「ちがう。や、できれば、河野が黒幕だったってことと、その理由は知りたかったけど、それは別に河野のことを責めたかったとか脅したかったからとかじゃなくて。ただ……」

明人は、この期《ご》に及んで足踏みしてしまう自分の勇気にあきれながら、目を泳がせ、言葉をにごす。

すると有空は、明人のそのためらいをどういう意味にとったのか、明人をじっと見つめたあと、おそるおそるといったようすで切り出した。

「……明人くんって、幽霊？」

「は？」

有空のその突拍子もない言葉に、明人は思わず驚いて、対峙《たいじ》していた自分の中の勇気から視線をはずす。そして、ついそのまま、有空が口にした「幽霊」という言葉の意味をじっくりと考えてしまい、しばし無言になった。

すると、明人のその無言に圧力を感じたのか、有空は体をこわばらせると、明人からの返事を待たずに、あわてて弁明するように続ける。

「あのね、私がドッ禁中止を言い出したのって、矢野っちのことがあったからだけじゃなかったんだ。実は私、本当は最初からドッ禁なんてしてなくて。むしろ、ゲームが変な方向に行きそうになったら調整できるように、私、この夏、きっと誰よりもドッペル再生にへばりついてた。だから本当は、六反田くんがすぐ脱落することも知ってて、でも、それはいいかなって思って、なにも言わなかったの。むしろ、それくらい、ドッ禁が難しいことだって証明してくれてありがとうって思ってた。そうじゃないと、最後、私が投稿全消しするほどのドラマに、話を持っていけないから」

有空はそこで一度視線を下げると、深呼吸をする。

そして、意を決したように明人をまっすぐに見ると、言った。

「だけど、途中であることに気がついて、こわくなったの」

「ある、こと……」

かわいた声を発した明人を、有空はじっと見つめ続ける。明人は、その視線から逃げることはせず、しかし自ら有空の答えの中に飛びこんでいくこともできなくて、ただ受け身の体勢で、有空の次の言葉を待った。

すると有空は、とうとうその真実を、ゆっくりと口にした。

「私のドッペル再生の中に、明人くんは一度も出てこなかった」

と、有空は、そう言った。

そして、すぐに続ける。

「グループトークでの会話にも、琴子《ことこ》ちゃんちに集まった時も、ドッペル再生の映像に、明人くんは一度も映ってなかった。ただの一度も。最初は、明人くんが無口で影が薄いからだと思ってたけど、琴子ちゃんちで矢野っちの動画の推理をした明人くんを見て思った。こんなに考えている人を、ドッペルの未来予測が検知しないはずない」

明人は何も言わず、うなずきもせずに有空の話を聞いている。

そんな明人に、有空は必死なようすでさらに続けた。

「それで、私、琴子ちゃんに聞いてみたの。『実は私、ドッペル再生しちゃってたんだけど、明人くんがどこにもいないの。琴子ちゃんのにはいる？』って」

「鮫島に？」

意外な人物の名前が登場して、ようやく明人の口からも声が出る。その声に、有空は一瞬びくりとしたものの、明人の顔色をうかがいながら慎重にうなずいた。

「そう。明人くんはもう知ってるって聞いたから言うけど、琴子ちゃんちに集まったあの日、本当は琴子ちゃんも、もうドッペル再生してたの」

有空のその説明に、明人もゆっくりとうなずきかえす。

そう、琴子はあの日、すでにドッ禁を破り、ドッペル再生をしていた。だからこそ琴子は、矢野が重度の猫アレルギーであることを知ることができ、事前に猫たちを二階につれていくなどの策を講じられていたのだ。明人はそのことに気づいたからこそ、あの日、琴子を追ってキッチンへ向かった。

ただ明人はあの時、琴子のドッペル再生に自分が気づいていることを匂わせただけで、はっきりと言葉にはしなかった。というのも、あの時の明人はまだ、有空が黒幕としてドッペル再生し放題であったことや、矢野もちゃっかりすでにドッペル再生をしていたということを知らず、琴子のみがドッ禁を破ったと思っていた。だからこそ、その琴子の弱みをにぎることで、あの時点で、琴子だけが気づいていると思っていた明人の秘密を守ろうとしたのだ。それがあの日、あのキッチンで暗黙の了解のように結ばれた、琴子と明人の密約だった。

しかし、もし有空がこの夏、ずっとドッペル再生をしていたのだとしたら……。

「……そうか。河野はドッペル再生で、鮫島もドッペル再生したことに気づいた？」

明人の推理に、有空がうなずく。

「そう、琴子ちゃんはあの日、みんなで集まることを、すごく楽しみにしてくれてた。

家を大掃除して、厳選した茶葉とお菓子を用意して、矢野っちが上映会のためにつなぎたいって言ったらすぐつなげるようにネット環境も整えて、私たちが快適に楽しく過ごせるよう、ありとあらゆる準備をしてくれてたの。でも、私がドッペル再生で見た最初の未来では、それがあることで台なしになった」

「矢野が、猫アレルギーだったから」

「そう。私が見た最初の未来では、愛猫家《あいびょうか》の琴子ちゃんが、おもてなしの一環で、みんなに猫ちゃんを紹介してくれた。でも、それで矢野っちは目も肌も真っ赤になって、かゆみとくしゃみと咳《せき》が止まらなくなって、講演会とか上映会どころじゃなくなっちゃって……。それで琴子ちゃん、パニックになって、その……。泣き出しちゃったの。実は友だちを家に呼ぶのは初めてで、いろいろ準備したつもりだったけど、アレルギーのことに気が回ってなかった、申しわけないって、すごく取り乱して……。琴子ちゃん、頭いいから、いつもいろんなところに気がついて、気をつかってくれるでしょ？　なのに、私とちがって、そういうやさしさを見せびらかさないで、恩着せがましくしない。そういうところ、本当にかっこいいのに、私が見た最初の未来では、琴子ちゃんのそのかっこよさが、運悪くたまたま機能しなかった。それは、琴子ちゃんのせいじゃないのに、琴子ちゃん、まじめで責任感強いから、すごく自分を責めて、本当、あの未来は見ていられなかった」

　有空は途中、言葉をにごしたかと思うと、一転、琴子への賛辞をあふれるほどのいきおいでつらねはじめる。それはきっと有空が、明人には想像することもできない「琴子の涙」というものを、ドッペル再生内で目《ま》の当たりにしたからなのだろう。有空は、ドッペル再生にて、はからずも自分だけが見てしまった琴子の本来の姿を、今、証言せずにいられずにいる。有空が見た琴子の姿は、きっとそれほどまでに、有空の胸に訴えるものがあったのだろう。

　しかし、それならばなぜ。と、明人がちらりと有空に視線を向けると、有空はわかっている、といったようすでうなずく。

「うん。本来なら、ドッペル再生でそのことを知った時点で、私がさりげなくグループトークで、その悲劇を避けさせればよかった。『そういえば、琴子ちゃん、猫好きってことは、おうちに猫いるのー?』ってグループトークに事前になげて、全員のアレルギーを確かめる流れに持っていけばよかったの。でも、矢野っち、自分が猫アレルギーってこと、知らなくて。ドッペル再生で見た未来で、矢野っち、自分でも驚いてたの」

明人は目を見ひらく。そして、すぐに納得した。

確かに、身近に猫を飼っている人間がいなければ、猫に接触する機会もなく、自分が猫アレルギーであるかどうか知らない人間もいるのかもしれない。

有空は、明人がそう思い至っていることを察したようすで、うなずく。

「だから、アレルギーを話題にしたところで、矢野っちから言い出さなければ結局、意味なくて。私が猫アレルギーってことにすればよかったかもしれないけど、実際はちがうし、前に猫、だっこしてる写真とかもアップしちゃってたから、どこかでそれがバレたら、ややこしくなる。それに……」

有空の表情に、再び罪悪感の影が落ちる。

「私、実際にはこの未来は起こらないんじゃないかって、ドッペル再生で琴子ちゃんの涙を見た瞬間、思ったの」

それで明人は、有空の罪悪感を半分持つように、言葉の続きを受け持つ。

「鮫島が、ドッペル再生すると思ったから？」

有空は、静かにうなずいた。

それで明人は一度、自分の中の情報を整理する。

今の有空の話をふまえるとつまり、講演会と上映会が行われたあの日、明人以外の三人は全員、ドッペル再生済みだったということになる。そう、おそらく有空は知らないはずだが、本当はあの日、矢野も、ドッペル再生をしてから琴子の家に赴いている。それは先日の草むしりの時に矢野本人が言っていたことで、しかし、その際、矢野から猫アレルギーの話は出なかった。

ということはおそらく、ドッペル再生をした順は、有空、琴子、矢野の順。

元々《もともと》、ドッ禁をする気がなかった有空は、琴子の家に集まる日が決まると、すぐにドッペル再生を開始し、その日がどうなるかを見届け、猫アレルギー騒動を知った。

が、有空はそこでそれに対し、何も対策をしないという選択をする。

それはきっと、有空が次の琴子の行動を予見していたからなのだろう。

そう、有空の次にドッペル再生をしたのは、おそらく琴子だ。これまでの言動や、あの講演会の内容から考えるに、琴子は本来、普段からあまり頻繁にドッペル再生をする人間ではないのかもしれない。読書によって自分軸をしっかりと持っている琴子は、六反田ほどテストの結果に一喜一憂するようには見えず、むしろ、他人のものさしで一斉に一部の能力を測られるテストというものの結果に、あまり興味がなさそうだ。また、そのとがった性格から、元々《もともと》、友人が多いタイプではないことから察するに、グループトークやSNSへの投稿で人間関係に波風を立てないよう気をつける、という有空のようなドッペル再生の使い方も、日常的にはしてこなかったはず。矢野が有空への告白を百回以上ドッペル再生していることが示すとおり、ドッペル再生は、模試の順位や友人関係、恋愛感情など、気になる社会的評価や大切にしたい人間関係があって初めて、頻度が爆発的に激増する。ドッ禁前の琴子には、おそらくそれほどの動機はなかった。

しかし、講演会の準備をする中で琴子は、もしかすると人生で初めて、「ドッペル再生をしたい」という切実な願いを持ったのかもしれない。というのも、自分の家に皆を招くと提案してみたはいいものの、琴子はこれまで、人を家に招いたことがなかった。ゆえに、その作法に自信がなく、その日が近づくにつれて、不安が募った。

自分は初めての来客を、うまくもてなせるだろうか。

皆に、満足する時間を提供できるだろうか。

自分は皆に、友として価値がある人間だと、認識してもらえるだろうか……。

その緊張と不安がピークに達した時、琴子は、ドッペル再生に手を出したのかもしれない。琴子はその時、「大切な友人である明人たちを不快にさせないこと」を、ドッ禁よりも優先した。

　そしてその結果、琴子はドッペル再生で、矢野のアレルギー騒動を目にすることとなる。琴子はその時、ドッペル再生をすると決めた自分の選択に、さぞかし感謝しただろう。それから琴子は、しっかりとアレルギー対策に乗り出した。

　その後、今度は矢野が、自分がふたりのあせりの渦中《かちゅう》にいることなど露知らず、まったく別の文脈から、ドッペル再生をする。矢野はおそらく、「〆切《しめきり》」のギリギリまで超大作の編集に集中していたはずで、それまでは、有空にいいところを見せたいという思いもあり、本当にしっかりとドッ禁をしていたにちがいない。しかし、いよいよ超大作が完成したところで、自分の作品への評価が気になってしかたがなくなってしまい、おそらく琴子の家を訪れる前日あたりにドッペル再生をおこなった。ただその時にはもう、琴子がアレルギー対策を施し終えていたため、矢野のドッペル再生ではアレルギー騒動は予見されず、草むしりの際に矢野が話していたとおり、琴子の講演会と自身の上映会が、シンプルに進行される未来を見た。

矢野が見たこの未来を、有空と琴子もそれぞれどこかで見たのだろう。そのことによって琴子は、自分のアレルギー対策が万全であることを知って、安心して十六日に臨むことができた。そして有空は、アレルギー騒動が起こらないかたちに未来が変化したことによって、琴子がドッペル再生をし、対策を講じたであろうことを推測した。

と、このように、有空、琴子、矢野の三人はあの日、ドッペル再生でその日がつつがなく進むことを確認した上で、あの家に集まってきていたのだ。あの日の皆の会話が、ドッ禁ゲームの本来の趣旨である、「ドッ禁をきちんとしているかどうかの探り合い」にならず、講演会と上映会の内容ばかりに終始したのは、それぞれが腹に一物《いちもつ》をかかえていたから——。

と、そこで有空が、あの日の情報を整理するためにしばらく黙っていた明人の沈黙に恐れをなしたのか、気まずそうに下を向く。

「私は琴子ちゃんの涙を見て、こんなに人のことを思える琴子ちゃんならきっと、みんなのことを気にして、当日までに必ずドッペル再生をすると思った。で、あんな未来を見ちゃったら、絶対未来を変えようとする。そう、琴子ちゃんはドッペル再生で、矢野っちを守った。守りきるために、どのくらい掃除をすれば矢野っちに少しもアレルギー症状が出ないか、何度もドッペル再生で確認したんだと思う。けど、そこに集中して、とうとう矢野っちの症状が出ない未来に行きついたら、今度は講演会の内容自体が気になった。これはあとで琴子ちゃんから聞いた話なんだけど、琴子ちゃん、猫ちゃんのこととかお茶とか、全部できるかぎり準備したのに、それでも最後にドッペルで見た未来がいまいち盛り上がってなかったから、講演会の内容、あの日の前の夜に、徹夜で変えたんだって。私が見たドッペルでは、最後の読書のとこはなかったの。だからあの時、私も、急に初めて聞く情報に心乱されちゃって、あんなこと言っちゃった」

あんなこと。

そう、あの日、琴子の講演会のあとに、有空と琴子の間には小さな衝突が起きた。かんたんに裏切る世間よりも、自分軸を大切にした方がいいと説いた琴子に、当時、SNSの炎上危機のストレスに追いこまれていた有空は、「じゃあ、琴子ちゃんはなんで、ドッペル再生するの？」と、切実な表情でたずねた。

確かにあの時のふたりのようすは、事前にドッペル再生で、この会話が起こることを知った上での演技には見えなかった。つまり、あの日の諍《いさか》いはきっと、誰のドッペルも予測していなかったバグのようなものだったのだろう。だから、そのあとも皆、そのバグに触れることを恐れ、諍《いさか》いについて、なかったことにしようとした。

ただあの日、誰のドッペル再生にも出ていなかった未来は、ほかにもある。

それで明人は、あの日の裏側をひととおり推測し終えると、言葉にすることを先のばしにしていたその事実を、とうとう、自らの口にたぐり寄せた。

「じゃあ、そのあとはさらに驚いたわけだ。ドッペル再生に登場すらしてなかった俺が、急に推理ショーなんてはじめたから」

自分から話を進めた明人に、有空は少し驚きながらもうなずく。

「そう。それで私、さんざん悩んだすえに、あの日の三日後かな、琴子ちゃんに個別に連絡したの。明人くんのことを聞くにあたって、私がドッペルで矢野っちのアレルギーの未来を見ちゃったこと、それで琴子ちゃんもドッペル再生したことに気がついたことも話した。それから、私があの時、いつもかっこよく生きてる琴子ちゃんに嫉妬して、嫌なこと言っちゃったことも謝った。私に自信と余裕がなかったせいで、本当ごめんって」

その言葉を聞いて、明人はほっとする。有空のその言葉は、あの日キッチンにて、苦笑いでため息を隠していた琴子にとって、なによりの救いになったにちがいない。

そもそも有空と琴子は、正反対のように見えて、実はとてもよく似ている。

好奇心と努力のエネルギーがとても強く、人のことが気になって気になってしかたがなくて、だからこそ、そのぶん傷つく。そんな似たもの同士のふたりが、きちんと向き合えば、きっと、わかり合えることの方が多いにちがいない。

事実、有空は言った。

「それから、琴子ちゃんとは通話とかもして、いろんな話をして、その中で、私がドッ禁をはじめた理由のことも、琴子ちゃんには正直に話した。怒られるかなって思ったけど、琴子ちゃん、すごくちゃんと受け止めてくれて。それで、それから、改めて明人くんの話になったの。私たちふたりとも、そんなわけでこの夏、それぞれもう何度もドッペル再生をしたけど、ドッペルの中に明人くんは一度も出てきてない。それがわかって、どういうことなのか、いっしょに考えようってなった。琴子ちゃんは、すでに明人くんに釘《くぎ》を刺されてたこともあって、よけいに理由がわからないことがこわかったみたい」

それを聞いて、明人は再び申しわけない気持ちになる。

確かにあの日、キッチンで琴子は、終始明人を警戒し、そわそわとしていた。明人としては、ただよけいな騒ぎを起こしたくなかっただけなのだが、あの時の自分の言葉が琴子をそこまで追いこんでしまっていたとは。

と、有空は、明人が下げた眉の端を見ながら、さらにゆっくりと続ける。

「それで私たち、本当は、矢野っちのことがある前から、ドッ禁、一度、終わりにしてみようかって話してたの。明人くんがドッペル再生に出てこないのは、明人くんが本当に律儀《りちぎ》にドッ禁してて、明人くんのデータがアプリにアップデートされてないからかもしれない。一度、ドッ禁を解除して、ようすを見てみようって。私がグループトークで提案して、琴子ちゃんが賛同すれば、ドッ禁中止はスムーズにできると思った。って、そういうことしてたら、いつのまにか全然ドッペル再生しなくなってって、それで矢野っちと六反田くんのあの未来、防げなかったんだけど……」

申しわけなさそうにうつむいた有空に、明人は、なるほど、とうなずく。だからあの日、有空がドッ禁中止を言い出した際、琴子は反対や理由の追及をせず、まるで用意していたかのような長文を送ってきたのか。

と、明人が納得していると、有空の顔にまた不安が湧き立つ。

「でも、ドッ禁をやめても、結局、明人くんは私たちのドッペル再生に出てこなかった。あの日、琴子ちゃんちで、あんなに楽しく話したのに、あれで私たち、結構、仲よくなれたと思ったのに、なのに明人くんはずっと、私たちの未来の中にいなくて、今日だって、明人くんの方から話があるって言い出したのに、家を出る前にドッペル再生しても、私の未来に明人くんは現れなかった」

「でも、来てくれたんだ」

有空の恐怖を想像し、申しわけなく思った明人がそれを表情に出すと、有空は唇をかんでうなずく。

「……今回のこと、私の身勝手でみんなに、特に矢野っちにはすごく迷惑かけちゃって、本当に申しわけないって思ってる。だから、今日、来たの。これだけいろいろ試しても明人くんがドッペル再生に出てこないってことは、明人くんは、もしかしたらドッペル社の人なのかもしれないっていう話に、琴子ちゃんとなって」

「……え、さっき、幽霊説出てなかったっけ」

「さっきのは、明人くんに言いわけを考えさせないように、明人くんの注意を引こうと思って言っただけ。さすがに幽霊はない、ってわかるくらいには、私たちも冷静にいろいろ考えてきた。で、本当にいろいろ考えて、いちばんあるかもしれないって思ったのが、明人くんがドッペル社の人っていう可能性。だって、いくら明人くんがまじめにドッ禁してたとしても、ドッ禁する前に登録したデータから予測された明人くんが、私たちのドッペル再生に出てくるはずなのに、それすらないなんておかしい。なら明人くんはドッペル社の人で、自分のデータを私たちのドッペルアプリから削除できちゃうような立場の人なんじゃない？　それで、一応インフルエンサーなのにドッ禁なんて流行《はや》らせようとした私になにか制裁を加えようと……」

「いやいやいや」

有空の声が興奮で震えはじめ、明人はさすがに責任を感じて、声をかぶせる。

「ちがうよ。ちがう。そうじゃなくて、俺は」

続けたかったけれど、あまりにすべてが初めてのことだったので、明人のその言葉は口から出ることをしばし、ためらった。

それでも最後は、やっと、旅立つ。

明人は、目の前でふるえる有空のその揺れを止めるため、今まで一度も口にしたことのなかったその真実を、とうとう口にした。

「俺、人生でドッペル再生したこと、一度もないんだ」

明人のその言葉に、ずっと怯《おび》えていた有空の瞳が、まるく見ひらかれる。

「……え？」

驚いた有空は、続いて激しく動揺した。

「え、一度もって、一度、も？」

明人はうなずいた。

「そう。生まれてこの方、一度も。だから、ドッペルアプリには、俺のデータが何もない。だから、河野たちのドッペル再生に、俺は一度も出てこなかった」

「え、えっと、じゃあ、明人くんはドッペル社の人じゃ、ない？」

「まさか。というか、河野が俺をドッ禁メンバーにスカウトしたの、たまたまじゃん。そんなはずないでしょ」

「そうだけど、明人くんに声かけたのは、明人くんになんか独特な雰囲気があったからで……」

「それはたぶん、俺がドッペル再生をしたことがない、超絶レアな高校生だからだよ。ただ、そんなこと知られたら変人扱いされるし、それこそドッペル再生しない人間は何するかわかんなくて気味悪いって思われかねない。だから俺はこれまでずっと、人と適度な距離をとって、ドッペル再生してないことがバレないように生きてきた」

そこで明人はため息をつく。

そう、まさかこんなにことがややこしくなると思っていなかったが、琴子の家に集まったあの日が、誰の未来どおりにもならなかったのは、明人が出しゃばったからだ。こうなることを恐れ、これまでひっそりと生きてきたというのに、あの日はつい、皆がドッ禁中であることをよいことに、スポットライトの中へ足を踏み入れてしまった。

しかし実際は、まさかのあの場にいた全員がドッペル再生済みで、琴子も有空も、明人の不在に気がついていたなんて。

いや、ふたりだけではない。おそらく六反田も、明人のドッペル不在には気がついていたはずだ。あの草むしりの日、有空がグループトークにドッ禁中止のメッセージを送る直前に、六反田は明人に何かを問いかけようとしていた。それは、おそらく今、有空が口にしたようなことであったにちがいない。六反田はあの日、罰則処分中の矢野に接触するにあたり、矢野になぐられた時と同じような失言をしないようにと、直前にドッペル再生をしていたにちがいない。しかし、六反田が見たその未来の中に、明人はいなかった。あの日、明人に手わたしてくれたスポーツドリンクも、本来は六反田自身のぶんだったのだろう。六反田は、公衆の面前で罰を受けている矢野の前に差し入れを持って現れ、皆の視線の中で乾杯でもして見せることで、矢野だけが悪いわけではないことを示そうと計算していたのかもしれない。そうだとすれば、六反田は冷徹な合理主義者に見えて、根は、矢野と同じく温かい血が通った人間だったということになるし、明人はとんだおじゃま虫だったということになる。

ただ、六反田が明人の不在に気がついたのはおそらくその時だけで、明人のドッペル不在に有空たちほどの恐怖を感じてはいなかったのだろう。だからこそ、あの場でカジュアルに、明人にその理由をたずねようとしたのかもしれない。「というか荻原《おぎわら》、おまえ、なんでいんの？　ドッペルではいなかったんだけど」と。

そしてただひとり、お調子者かつ有空への思いで常に頭をいっぱいにしていた矢野だけは、明人がドッペル再生にいないという事実を、本当に気にも留めていなかったにちがいない。

と、明人がそんな矢野のお気楽さに少し救われた気持ちになっていると、目の前の有空が、明人に向かって、当然の質問を口にする。

「でも、なんで？　なんで、明人くんはドッペル再生しないの？」

それは、至極もっともな疑問だった。これほどまでにドッペル再生が浸透した社会で、ドッペル再生をしない理由など、そうそうあるものではない。それで明人は、一度深く息を吸うと、とうとうその真相を、口にした。

「俺のじいちゃんさ、十六年前、いや、十七年前か、俺が生まれる少し前に余命宣告されて、もう長くないって言われたらしいんだ。で、そんなじいちゃんが、『初孫の成長をこの目で見たい』って言ったもんだから俺の親は、生まれたばっかりの俺をスキャンして、ドッペル再生をつけっぱなしにした。今は、たとえ親でも他人のドッペル再生を勝手にすることは禁止されてるけど、当時はまだルールがあいまいで、できちゃったらしい。それで俺は、そのドッペル再生の中で3倍速ですくすくと成長。じいちゃんはそれを、時たま等倍に戻して、実際はまだ生まれたばっかだった俺が、はいはいしたり、歩いたりする成長過程を鑑賞しながら、楽しく最期《さいご》の時を過ごした。でも、そしたらまさかのじいちゃん、そっから奇跡的に回復してさ」

明人の言葉に、有空はどんな表情を返せばいいのかわからないようで、こまったように、黙って明人の話を聞いている。

それで明人はそのまま続けた。

「けど、ずっと予断は許されない状態で、そんな中でじいちゃん、今度は、『せめて七五三まで』って言いはじめて、そのあとも『中学、高校、成人式まで、今度はひ孫の顔が見たい』って欲望がとめどなくなっていったらしくてさ、俺の親も、じいちゃんの容体がいつ急変するかわからなかったから、ずるずると3倍速再生を続けちゃって、そのまま十六年。だからドッペルの中で俺は、とっくの昔に、四十すぎのおっさんになってた」

「そんな、ことって……」

有空が、おろおろと目を泳がせる。

明人は笑った。

「そんなまさかだろ。今じゃみんな、少なくとも中学に入ったら、自分でドッペル再生するのが当然になってるのに、俺はじいちゃんのために自分のドッペル再生の権利をずっとゆずってもらえなかった。でも、この間の春にさ、とうとうじいちゃん、亡《な》くなったんだよ」

明人は、その時のことをうっすらと脳裏に思い浮かべながら、重いため息をつく。

そして、また笑った。

笑うしか、なかった。

「だから俺、葬式とかいろいろ落ちついた頃に、勇気出して、親に言ったんだ。俺もドッペル再生したい、十六年ぶりに、ドッペルのデータをアップデートして、これからはみんなとおんなじようにドッペル再生しながら生きたいって。そしたらさ」

明人はうつむく。先ほどから、明人の目も声も、有空の方は向いていない。

明人は今、自分のために言葉を使っていた。

初めて口にするこの話を、自分に聞かせるように、続けた。

「俺の親、すっげー気まずそうな顔して、白状したんだよ。実は、じいちゃんに見せてたドッペル再生は、そもそも俺のドッペルじゃない、俺の生まれる一年前に、生まれてすぐ亡《な》くなった、俺の兄貴のドッペルだったって」

ただでさえ、ずっと困惑していた有空の表情が、そこでさらに混乱して荒れる。

「え？　それって、どういう……？」

「今は、故人のドッペル再生を続けることは禁止されてるけど、当時、まだ開発されたばかりだったドッペル再生のルールはあいまいで、グレーゾーンがたくさんあった。

だから、最初は本当にじいちゃんのために、さっき言った理由で、初孫だった俺の兄貴を新生児の状態でスキャンして、ドッペル再生をはじめたらしい。ただ、そのあとすぐに兄貴は、ＳＩＤＳっていう、いまだに原因がよくわかっていない乳幼児特有の突然死で亡くなった。人間には原因がわからないその突然死を、当時、まだ精度がいまいちよくなかったドッペル再生は予測できなくて、防げなかったんだ」

ドッペル再生は所詮、人間が現段階でわかっている情報から、統計学に基づいた計算で未来をはじき出す技術。人間がわかっていないことに関しては、当然、予測できない。

明人は、当時の両親の気持ちを想像し、ため息をつく。

「現実では兄貴は確かに亡くなったのに、ドッペル再生の中では生き続けている。そんな異常な状況がたまたま生まれて、兄貴の死を受け入れられなかった俺の親は、ドッペルにすがった。当然、兄貴の体を再スキャンすることはもうできないから、登録データは生まれたばかりの時にスキャンしたもののままで、だからこそ未来はどんどんずれていったけど、それでも俺の親は、兄貴のデータをどうしても消せなかった。じいちゃんのためっていうことにして再生し続けて、で、俺が生まれた時、そのデータを俺のものってことにしたんだ。『他人・故人のドッペル再生は禁止』っていう、あとからできたルールの目をかいくぐるために、再生中の兄貴のデータを、俺のドッペルだってことにした。すごい執着だよな、なにがすごいって、俺の兄貴の名前、『あきと』って言うんだよ。明るい人って書いて」

有空が、息をのむ。明人はうなずいた。

「どうりでじいちゃん、俺のこと、ちょいちょい『あきと』って呼ぶなーとは思ってたんだ。まあ、でも、じいちゃん倒れたの脳梗塞が原因だったし、認知症も進んでたから、しょうがないって、あんま気にしてなかった。今思えば、ドッペル再生の中の『あきと』と俺、顔とかちがうはずなんだけど、ドッペルって自分の視点だから、基本、自分の顔ってあんま出てこないじゃん？　巻き戻しもできないから確認するすべもなくて、四十すぎのおっさんになってからは、本人かどうかなんてわかりっこない。じいちゃんのために再生してるから、俺自身はあんま見たこともなかったし、この十六年間、全然気づいてなかったよ。けど、じいちゃんが亡《な》くなって、俺に言われて、俺の親も、どうとう観念した。俺の親も別に極悪人じゃないからさ、ずっと罪悪感はあったらしくて……。で、『あきと』のドッペルはもう消す、俺がドッペル再生を好きに使っていいってことになった。なったんだけど……」

明人は、首のうしろをかく。

有空が首をかしげた。

「けど？」

明人は笑う。

「できなかったよ」

有空の首の角度が、さらにかたむく。

「どう、して？」

明人は、笑顔の中に隠すようにため息をついて、なんでもないことのように話す。

「俺、ずっと自分だけドッペル再生したことないってことがこわくてしかたなかった。みんながちゃんと生きてるのはドッペル再生してるからだって思ってたし、だからこそ、ちょっとでも失敗したら、ドッペル再生してないせいだってたたかれると思って、失敗しないように地味に生きてきた。でもじいちゃんのために再生してるドッペルの俺から乖離《かいり》しすぎたら、じいちゃんに申しわけない気もして、習い事とか部活とか、全部、ドッペルに合わせてきたんだよ。なのに、急にそれが、そもそも自分のドッペルじゃなかったってわかって……。頭がまっしろになった」

明人は、真実を知った瞬間の自分の脳裏を思い出す。

そして、その白さを見た時の不安を、明人はそのまま口にした。

「それで俺、思ったんだ。ずっと、兄貴のドッペルにそって当たり障《さわ》りなく生きてきた俺には、なんの個性も、努力の跡もない。そんな俺が、初めて自分でドッペル再生を使って見た未来が、散々《さんざん》なものだったらどうしようって。兄貴のドッペルの方が有能で幸せで、俺はそうじゃないってことがわかったらどうしよう。そう思ったら足がすくんで、せっかくできるようになったのに、アプリに触れなかった」

そこで明人はやっと、明人の話を聞いて血の気が失せ、まっしろな顔になっている有空に視線を向ける。そんなに身長差のない有空と、同じ目線の高さで向き合って、明人は笑った。

「そんな時にさ、河野にドッ禁に誘われたんだ。本当は最初、笑いそうになったよ。すでに十六年間ドッ禁してきた俺には楽勝だって思った。で、ほぼヤケクソみたいな気持ちで参加するって言ったけど、俺以外の人間がドッペル再生をしなくなったらどうなるんだろうっていう興味もあった。けど、参加してすぐに俺も、自分が墓穴を掘ったことに気がついた。俺がみんなのドッペル再生に登場しないことに気づかれたら、俺の秘密がバレる。いや、みんながまじめにドッ禁すればバレないけど、みんなと交流することで万が一、仲が深まっちゃったら、ドッ禁が終わったあとで、誰かが気づくかもしれない。だから本当は俺、ドッ禁ゲームなんかさっさと終わらせて、なにごともなかったように元の、人と極力関わらない生活に戻ろうって思ってたんだ。でも、これまで人と関わってこなかった俺が、ゲームをコントロールすることなんかできなくて、あっという間に、鮫島の家に集まる日になった。本当はあの時も、万が一誰かがドッペル再生してた時のために、なるべくしゃべらないでおこうとは思ってたんだだよ。けど矢野の動画で楽しくなって、つい調子に乗ってしゃべった」

「明人くんでも、調子に乗ることあるんだ」

「乗ったね。矢野が、ドッペル再生に依存してない人ほどからくりがわかるなんて銘打ったもんだから、で、本当に動画の意味がわかったから、純粋にうれしかった。その前の鮫島の話で、ドッペル再生は何もいいことばっかじゃないって聞いたのも大きかった。リア充女王だと思ってた河野ですら、鮫島の話聞いてなんか切羽つまってるように見えて、あれ、俺が神聖視してたドッペル再生って、実は万能じゃなくて、結構、みんなそれで苦労してるんじゃねって思って、なんか希望っていうか……。いや、ごめん、嘘《うそ》。はっきり言って、あの時、俺、優越感で酔ってた」

ひょうひょうとそう言ってのけた明人に、有空がふき出す。

久しぶりに、有空が純粋に笑った。

「酔ってた?」

「ドッペル再生したことないってことが、むしろ強みになることもあるんじゃないかって思って、なんか万能感みたいのおぼえたっていうか……。や、あの時、ついしゃしゃっちゃったのも、実は俺、ミステリ系の本とか映画、好きで、結構読んだり見たりしてたからってのもあって。俺、ずっとドッペル再生できなかったからさ、そのぶん、ほかの人より時間ありあまってたんだよ。みんながドッペル見てる時間に、本読んだり映画見たりして、結構昔のやつまで手、出してたんだ。地味に生きなきゃいけなかったから、外で活動するとか人に会うより、家でそういうことひとりでしてる方が、じいちゃんのドッペルから乖離《かいり》する心配がなくて安心だったし。で、そしたら鮫島が『時代は読書!』って、ドッカンして、それで、あれ、俺のこれって、もしかして個性になんの?　って期待した。それで矢野の上映会でも、でしゃばったんだ。最初は、自分の力を試す的なノリで、でも最後の方は、なんかそういうのも忘れて、ただ……」

明人が、言葉の先をさまよわせる。

するると、有空がそれを、ふわりとひろった。

「楽しかった？」

明人は、うなずく。

「だから、河野には感謝してる。本当は今日、それを伝えにきたんだ」

「かん、しゃ？」

「そう。河野がドッ禁企画してくれて、誘ってくれて、裏でまわしてくれてなかったら、あの日はなかった。で、極めつけは、あの投稿」

「投稿？」

「そう、ドッ禁中止のお知らせで、河野は、『これからはドッペル再生とドッ禁のいいとこ取りをして生きていきます』って、ドッ禁を否定しなかった。ドッ禁にもいいところがあるって宣言してくれた。俺、あれで、ドッペル再生しない人間でも、生きていいって言われた気がして、ちょっと気が楽になったんだ。だから……」

明人はそこで、先ほどからまるで漫画のように目をぱちくりとさせている有空に向かって、頭を下げる。

「ありがとう」

すると有空は、ほぼ条件反射のようなかたちで、明人に頭を下げ返す。

「どう、いたしまして……」

それで、話は終わりだった。

まるで寸劇のように、ふたりのおじぎで話がまとまり、ふたりはしばらく下げた頭を上げられず、ぎこちない沈黙の中で固まる。おゆうぎ会で、幕がしまりきるまで頭を上げてはいけませんと、先生に言われた子どものように、動けなかった。

と、その時。

「あの！　あのー！　あのー！」

と、どこからか声が聞こえてきて、明人は顔を上げる。

音は小さいが勢いは強い、まるで小人がさけんでいるかのようなその声には聞きおぼえがあり、明人は思わず、あたりを見まわした。

すると有空が、あわてたようすで、手にしたままだったスマホの画面を確認する。

自然と明人の目にも入ってきたその画面を見ると、それは通話画面になっていた。

通話の相手は、琴子と矢野と、そして六反田。

グループ通話だった。

有空は、申しわけなさそうに明人を見やる。

「ごめん、明人くん。実は今日、どうなるかわからなかったから、その、何かあった時のために、最初からずっと、みんなと通話つないでたの……」

すると、その声に反応し、先ほどのさけび声の主である琴子が続ける。

「話は聞かせてもらいました。本来、最後まで黙って、聞かなかったことにすることが筋だったかもしれませんが、こんな重大事実を、見て見ぬふりはできません。荻原くん、あなたのご両親の所業は犯罪です。荻原くんの持つべき権利を不当に奪い、長年、荻原くんを不自由な状態に拘束した虐待です。訴えたら勝てますよ！」

憤慨している琴子に、矢野が続く。

「いや、ホント。そりゃ、そんな父ちゃんにゃ、軍手使われたくないわな」

明人には、画面の向こうでしみじみとうなずいている矢野を想像することができた。

そして、その声にあきれている六反田の顔も、想像できた。

「や、訴えることが是とは限らないだろ。外野が勝手に盛り上がるのはよくない。まずは荻原の気持ちが第一だろ」

「六反田……。おまえ、人の気持ちを考えられるやつだったんだ……」

「矢野くんのその、内容よりも韻を踏むことを優先して話す癖はどうかと思いますよ」

早くも話がずれはじめている皆の会話を聞き、明人は、ふはっと笑う。その笑顔を見て、有空はほっとしたように体から力をぬき、言った。

「ごめんね、みんなに話すつもりなかったかもしれないのに……」

明人は、首を横にふる。

「いや、いいんだ。話すつもりだった」

本当はそうでもなかったが、とりあえずそう口にしてみたところ、その言葉の口ざわりは決して悪くなかった。

ただ、そんな明人の感慨深い余韻を、続く矢野の言葉が台なしにする。

「や、マジでめいちゃん、もうちょいちゃんと怒った方がいいって！　あ、でも、その前に、一個だけ言っていい？　てか、聞いていい？」

矢野の声は、なぜか電話ごしの方がやかましい。

そのまま矢野は、スマホを拡声器にでもしているかのようにさけんだ。

「俺って、猫アレルギーなん!?」

その切実な声に、有空はなんとも言えない表情でうなずく。

「そうだよー。結構、つらそうだったから気をつけてね」

「ええ。残念ですが、矢野くんはもう二度とうちの敷居をまたがないでください」

「や、なんで。この間みたいに、あの部屋に入れてくれりゃいいじゃん。え、てか、マジで？　俺、動物動画好きで、猫動画も結構見てんだけど！　日々《ひび》、にゃんこ様に癒やされてんのに！」

「リアル猫は、もっと癒やされますよ」

「なぜ傷口に塩！　ＫＴＫ、友、大切にしよ！　って、や、してくれてるか」

「おまえ、本当に人生、楽しそうだな」

「六反田！　だから、おまえのそういう決めつけが俺のガラスのハートを粉々《こなごな》にするってんだ」

「や、だから、そういうとこだよ」

「うっせ。うあー、にゃんこー。まじかー。てか俺、気づいちゃったけどさー、ってことは、これまでもこんな感じで、人のドッペルの中で、俺の知らない俺がさらされてた可能性あるってことじゃん。ドッペルこわ」

「確かに、それはリスクです。ただ、そのおかげで今回、矢野くんはひどいアレルギー症状に見舞われることなく済んだわけで、利点もあることは否《いな》めません。なにごとにもメリットデメリットはつきもの。それを見極め、使いこなすことこそが知性ですよ」

「うえぇ、そんなん、ゲロ難しいじゃん。有空じゃないけど、俺、今回ので、マジで人生観変わりそうなんだけど。俺、もうドッペルやめよっかな。めいちゃんみたいにドッペルに出てこない謎の男になった方が、なんかかっけーし」

「打って変わって、全方向に失礼だな。どうした」

「いや、いじってなくて、マジで。や、なんか今、いろいろ聞いてさ、結局、ドッペルしてなかったためいちゃんがいてくれたから、KTKの家に集まった日、みんな、あんな楽しかったわけじゃん。でも、正直、KTKの涙を見られる未来も見たかったたっていうか……。や、これ、ホント、いじってるわけじゃなくて、なんか、KTKのそういうとこ見て知ったら、またちがう絆《きずな》の深まり方してたかもとか思っちゃってる俺もいる」

すると、矢野のいつもより少しまじめになった声のトーンを受けて、有空が明人の前で大きく息を吸う。

そして、ここぞとばかりに切り出した。

「あの、みんな」

有空の少し緊張をおびた声に、皆が何かを察して黙る。そして、その皆がつくった道のような静けさのまんなかを、有空の声はまっすぐに歩いた。

「ごめん」

そこから、有空の声は、少し早足で歩いた。

「改めて、私が勝手な理由ではじめたドッ禁にみんなを巻きこんで、迷惑かけて、ごめんなさい。明人くんの思わぬ告白で、このままどさくさにまぎれて謝れなくなっちゃったら一生後悔すると思って、こんな自己満タイミングで言ってさらにごめんなんだけど、でも、本当に……。本当に、ごめんなさい」

有空の真摯な声に、あたりの空気が主人を失ったかのようにとまどう。

しかし、その空気はすぐにまたいつものように有空に味方した。というのも、空気が完全に有空から離れる前に、矢野がいつもどおりにけろりと言ったのだ。

「え、や、別にいいでしょ。や、ちょっとびっくりなこともあったけどさ、俺が暴走しちゃったのは、普通に俺の問題だし。有空が謝ることじゃ全然ないって」

どうやら矢野は、有空がピンチに陥ると助けに入ることがくせになっているらしい。

矢野は、そのまま続けて言った。

「それに、はじまりの理由はなんであれ、いろいろベンキョーになったし、今回のこれがなかったら一生話すこともなかったかもしんないKTKとか六反田とかめいちゃんのことも、なんか、びっくりするほど知れちゃったし、てかそれより結局さ、めっちゃ楽しかったじゃん、ドッ禁。……え、あれ？　俺だけ？」

ひとりでしゃべり続けていることが不安になったのか、矢野が急に立ち止まる。

すると、そこでやっと、ずっと矢野の天敵の位置にいた琴子が、矢野の隣に立った。

「いえ、私も楽しかったですよ」

「俺は、その部分は享受しそこねたけど、結果、有意義ではあった」

と、六反田も言った。

有空も、複雑な感情を眉の端にのせたまま、うなずく。

「ありがとう。私が言えた立場じゃないけど、私も楽しかったし、それにね、これ、最初からドッペル再生しまくってた私だから言えることなんだけど……」

　と、有空が苦笑しながら、それでも続ける。

「このドッ禁ゲームね、矢野っちのアレルギーの件以外にも、本当はたくさん、いろんな未来があったの。でも、私はね」

　有空はそこで一度、言葉を切ると、その表情から苦笑をすべて消し去ってから、続きの言葉を口にする。

「この未来が、いちばん好き」

　そう言った有空の笑顔は、いつもの老若男女《ろうにゃくなんにょ》を魅了してやまない笑顔で、明人はそのことに、とてもとても、ほっとした。

　すると、ビデオ通話ではないにもかかわらず、そんな有空の笑顔を気配で感じたのか、矢野がどぎまぎとしたようすで、勝手に照れる。

「最高じゃん。じゃあ、よかったじゃん！　オールオッケーじゃん！　てかさ、俺、もう一個気づいちゃったんだけど、結局、あの日までにめいちゃん以外、全員ドッペル再生しちゃってたわけじゃん。ってことは、このドッ禁、優勝者はめいちゃんってこと？　つまり、優勝賞品はめいちゃんのもの？」

優勝賞品。その言葉に、明人はもはやなつかしさすらおぼえながら、当初のドッ禁ルールをうっすらと思い出す。

そう、確か優勝賞品は、「なんでもいうこと聞く券」。

「どうするめいちゃん、俺らのこと、どうとでもできちゃうけど、どうしちゃう？」

なぜかわくわくとしている様子の矢野の声を受けて、明人は改めて、有空のスマホの画面をながめる。通話画面には、今回のためにつくられたのであろう新しいグループが表示されており、明人はその画面を、改めてじっくりとながめると、瞳の中に取りこむ。

そしてゆっくりと首を横にふると、言った。

「や、別にいいや。なんか、もういろいろ、してもらった気がするし」

言いながら明人は、有空のスマホの画面を見つめ続ける。

そこには、明人以外の四人で組まれたそのグループの名前が表示されていた。

そのグループ名。

その名前は――。

〈めいちゃんを探す会〉

だから、その名前を見て、明人は笑って言った。

「見つけてくれて、ありがとう」

第12話 ▼未来かくれんぼ

「てか、めいちゃんさ、今更だけど、有空《ありあ》に俺の気持ち、勝手に伝えた件について、謝罪してほしいんですけど」

　二学期がはじまり、しばらく経った頃。学校の屋上にて、高く青い晴天の下、購買のパンをほおばっていた矢野《やの》は、唐突にそう切り出した。

　話をふられた明人《めいと》は、手の込んだおかずばかりが詰められた弁当にのばした箸を止めずに、肩をすくめる。

「いや、俺が言わなくても、河野《こうの》、元々《もともと》気づいてたでしょ」

「だとしても！　言葉にしちゃうのはちがうじゃん。言葉にしたら、もうそれは確定じゃん。あー、なあ、あの時、有空、どんな顔してた？　脈、ありそうだった？」

「や、てか、おまえ、好意を利用されてたって話聞いたあとで、よくまだそんなん言ってられるな」

そう言ったのは、明人の隣で肉ばかりの茶色い弁当をあっという間に食べ終え、野菜ジュースを飲んでいた六反田《ろくたんだ》で、明人は今、あの草むしりの時と同じように、ふたりにはさまれてすわっている。

「うっさい、偏食人間。そんなんショックでもなんでもないんだよ。俺は有空のそういうしたたかなところも嫌いじゃないし、てか、利用されたって決めこんだのはめいちゃんで、有空は俺を、『頼って』くれたの」

「すげぇな、おまえ」

「恋は、人間の視野をせばめ、心を広げるのです」

「いや、いいこと言ってそうで、ダメじゃね？　それ」

冷静なツッコミを続ける六反田の横で、明人は悠々《ゆうゆう》と食事を続ける。そんな明人に本当に謝罪を求めていたわけではなさそうな矢野は、うあーっと奇声を上げながら、その場で立ち上がり、右手に持ったコロッケパンをにぎりつぶす。

「もう俺、今度こそ、有空に言っちゃおっかなー。もうすぐ文化祭だし。絶好のチャンスだし。ダメならダメで、文化祭の勢いでごまかせそうだし」

「ごまかすんかい。てか、食いもん、粗末にするなよ」

蔑《さげす》んだ目を向ける六反田に、矢野はふんっと鼻を鳴らす。

「俺はこういうバーガー系は、つぶして食べたい派なんですー。バーカ」

「いや、さすがに雑すぎるだろ、韻」

「……てかさ、正直、もう結果とかはなんでもいいんだ。や、もちろん、ＯＫもらえたら最高だけど、それよりさ、俺、一回ちゃんと自分で有空に伝えたいんだよね。これまでドッペル再生してはあきらめてきたけど、このままじゃ、俺の気持ちまでドッペルの世界に吸い込まれて、こっちのリアルの世界に存在しなかったことになりそうで、なんか、それはやっぱ、つらいんだわ。ちゃんとリアルで、俺の気持ちの爪痕を、俺の人生に残したい。俺の勝手で、有空には悪いけど」

矢野の真剣な口調を受けて、さすがに六反田も黙る。それで明人が言った。

「……俺さ、昨日、とうとう初めてドッペル再生したんだ」

ぽつり、と切り出した明人に、矢野がのけぞって驚く。

「マジ？　え、なんで、そういう重要なことを、今の今まで言わないのよ。え、で、ど、どーだった……？　てか、今日、テストとかなくね？　何、調べたん？　って、これ、聞いていいやつ？」

「うん。や、今日の弁当の中身、知りたくて」

「なんでやねん」

「で、結構時間かけて、ドッペル再生してさ、昨日の夜から俺、ああ、明日の弁当、コロッケなんだ、やったーって楽しみにしてたわけ」

「え？」

淡々《たんたん》と話す明人に、矢野と六反田は、同時に明人の弁当箱に視線を落とす。

そこにコロッケはなく、かわりに丁寧につくられたインゲンと人参の肉まき、カニカマ入りの卵焼きなどがならんでいる。それを見て矢野は、困ったように、感情のこもらない声で言った。

「おかーさま？　巻くのお上手ネ」

「たぶん、俺が昨日の夜、ドッペル再生したことぽろっと言ったから、母親、急遽《きゅうきょ》、メニュー変更したんだろうな。この、『罪悪感詰め合わせ弁当』に」

「ま、うまそーだからいいじゃん」

「うん。俺の好物であることに変わりはないからいいっちゃいいんだけど、今日の弁当はコロッケだって信じこんでた俺は、もうあのいつもの冷凍コロッケが食べたい口になってたから、さっきから地味にへこんでる」

「……いる？　俺のコロッケパン」

「いらん」

「ですよね」

それで矢野は、つぶれたコロッケパンをものの三口で口につめこむ。そして、それを丁寧に咀嚼《そしゃく》し、のみこむと、言った。

「よし、俺、今度こそ、有空に言うわ。ドッペル再生なしで！」

そう宣言した矢野の顔からは、不安が隠しきれてはいなかったものの、その表情は、どこか清々《すがすが》しくもあった。

だから明人はその背中を、そっと、押した。

「おう」


（おわり）

3倍速

『3倍速ドッペルゲンガー』

※この先には、『3倍速ドッペルゲンガー』のお話のあらすじが、最後まで書かれています。物語をネタバレなしでご覧いただける方は、ぜひ本編を最初からお楽しみください。物語をあらすじだけ知りたい方、あらすじを知った上で、あらすじと照らし合わせながら、じっくり物語を楽しんでくださる方は、ぜひご覧ください！

第1話「ドッペル再生社会」▽ 第3話「投稿と熟考」

主人公の荻原明人《おぎわらめいと》は、物静かで、いつもクラスの面々《めんめん》を遠巻きにながめながら平穏に暮らしている**高校一年生**。しかしある日、そんな明人に、人気インフルエンサーのクラスメイト、**河野有空**《こうのありあ》が話しかけてきた。

「ねえ、明人くん。ドッキン、しない？」

「ねえ、明人くん。ドッキン、しない?」

有空いわく、**ドッキンとは「ドッペル再生禁止」の略語**らしい。

ドッペル再生は、明人たちが生まれる少し前に開発された**未来予測アプリ**で、自分のデータを登録し、そのデータを動画のように**3倍速で再生**すると、いつでも誰でも天気予報感覚で、気軽に未来を知ることができる。今や全世界の人々が日常的に使用しており、高校生の間でも、「テスト前にドッペル再生で事前に結果を調べ、その結果に基づいて効率的に勉強量を調節すること」や、「SNSでの炎上を避けるために、投稿をする前にフォロワーのリアクションをドッペル再生で確認すること」などが、ある種、マナーのように当然になっていた。

そんな中、クラス一のお調子者で動画クリエイターを目指している**矢《や》野《の》解《かい》**が、**「ドッペル再生をどれだけ我慢できるか」**、夏休みに、クラス

個性豊かなメンバーたち

のいろいろなタイプのメンバーと**ゲーム感覚で競争する企画**をやってみたい！」と言い出したらしく、矢野と仲のいい有空は、その**メンバー集め**のために、これまで話したこともなかった明人に、突然声をかけることにしたらしい。

聞けば、そのドッ禁企画に参加をするのは、有空と矢野のほかに、毒舌読書家の**鮫島琴子**《さめじまことこ》と勉強家のテンプレート**六反田尚弥**《ろくたんだなおや》。確かに個性豊かなメンバーが集まっており、そこに影の薄い明人が加われば、よい緩衝材になるのだろう。そう思った明人は、有空の誘いに乗り、企画に参加することにした。

▷ 第4話「第一脱落者の憂鬱《ゆううつ》」▷▷ 第6話「KTK講演会」

しかし、ドッ禁ゲームがはじまるや否《いな》や、**早々に第一脱落者**が出た。全国模試の順位向上のために、ドッペル再生なしの勉強方法を試してみ

六反田、離脱

たいと言っていた六反田が、開始早々、その勉強方法に効率の悪さを感じ、戦線離脱したのだ。

六反田のそのあまりに安易な脱落に、一同は先行きに不安をおぼえたが、意外なことに、そこで**琴子が新企画を打ち出す**。「ドッペルネイティブ世代と呼ばれる自分たちが、ドッペル再生を禁止されたらどうなるのか、その結果に学術的興味がある」という理由でこの企画に参加していた琴子は、ほかのメンバーのようすを観察するため、残ったメンバー三人を**自宅に招待**すると言い出したのだ。しかも琴子は、「ドッペル社会の歴史と展望」について、**講演会も開催**予定だという。すると矢野は嬉《き》々《き》として、自分がつくっている**動画の上映会**も同時に行いたいと、琴子の企画に便乗した。

そうして四人は、夏休み真っ只中の8月16日に、琴子の家に集《つど》った。個性的なインテリアが光る琴子の豪邸に驚く明人たち。そして、宣言どおり行われた琴子の講演会の内容にも、あっけに取られた。最初は、ドッ

豪邸のＫＴＫ家

ペル再生が発明された経緯やその必要性について、ＳＮＳや動画視聴サービスの歴史とともに冷静に説明をしていた琴子であったが、最後の結論部分で、琴子の弁は熱を帯び、「ドッペル再生に読書を組み合わせることで、人類は完璧な知性を手に入れられる！」、**「時代は読書！」**と、自分の趣味である「読書の価値」を強く主張したのだ。

第7話「矢野超大作上映会」▷▷ 第9話「腹に一物《いちもつ》さらに密約」

琴子の熱量にけおされたメンバー。その中で**有空と琴子の間に小さな衝突**が生まれる。世間の空気を読むことに人生の価値の重きをおいてきた有空に対し、琴子は自分軸を大切にすることこそが人類のためになると説き、意見が対立したのだ。しかしそこで、ムードメーカーの矢野が、ふたりの険悪な雰囲気に割って入り、自身の「超大作」の上映をはじめる。ただ、皆の期待に反し、**矢野の動画はほんの数分のファミリームービー**で、あまりの拍子ぬけ具合に、琴子と有空はそろってとまどっ

「時代は読書！」

た。ただ**明人だけ**は、矢野が数分の動画の中に仕込んだ、いくつかの仕掛けに気づき、その**推理を得意げに披露**する。

それによって、動画制作の楽しさに目覚めた四人はその後、それぞれアイディアを出し合い、矢野の動画の続編会議をはじめる。こうして、ふぞろいな個性が集《つど》ったこのぎこちない集会は、意外にも無事に、楽しい時間へと変化していったのであった。

ただ、その裏で明人は、ひっそりともうひとつの謎解きにも手を出していた。明人は、琴子の家のかすかな違和感や琴子の言動から、**琴子がすでにドッペル再生をしており、ドッ禁を破っていたことに気がついていた**のだ。それで明人は、さりげなく琴子とふたりきりになる機会をつくると、そのことを琴子にほのめかす。しかし、琴子がドッペル再生をした理由が、明人たちをもてなしたいという純粋な思いであったことや、明人側にも不都合があったことにより、**明人は琴子のドッ禁破りを矢野と有空には伝えない**と、琴子に告げたのであった。

矢野動画の続編会議

第10話「草むしり無視無理め」▷▷ 第12話「未来かくれんぼ」

講演会と上映会により、四人の仲が深まったと思ったのも束の間。

翌週の登校日に、なんと**矢野が六反田を殴った。**矢野は、琴子の家で上映した自分の動画作品を六反田にも個別に送っていたが、登校日の朝、六反田に「俺は、そんなくだらないもので時間を無駄にできるほど暇じゃない」と言われ、かっとなったのだ。

六反田が矢野を責めなかったことで、停学などの処分はまぬがれたが、矢野はその日、罰として**草むしりを命じられる。**そんな矢野のもとを訪れた明人に、矢野は言った。

「実は俺さ、有空に百回ふられてんだ。ドッペル内で」

校舎前の花壇の草むしり

ドッペル再生でふられるとわかっているのに現実で告白をし、相手に気まずい思いをさせることは、現代ではマナー違反。それで矢野は、現実ではまだ有空に告白しておらず、しかし、有空への思いを断ち切ることもできなくて、**琴子の家での上映会前も、有空の反応が気になるがあまり、ドッ禁をやぶり、ドッペル再生をしていた**らしい。

するとそこに六反田がやってきて、自分がドッ禁から早々《そうそう》に離脱したのは、**禁断症状で体調をくずしてしまったから**だと打ち明ける。そして、そんな自分がみじめでしかたがなく、矢野たちをうらやましく感じて、先ほどの失言をしてしまったと、矢野に謝った。

と、**矢野と六反田が和解**したにもかかわらず、「矢野が六反田を殴ったのはドッ禁のせいで、**ドッ禁をすると人は、キレやすくなる**」という噂が学内に広がり、その結果、有空は**ドッ禁を中止**しようと言い出す。そして有空は、ドッ禁中止の報《しら》せを自身のアカウントに投稿すると、同時にこれまでの自分の過去の投稿をすべて消したのであった。

六反田、謝る

しかし、これですべて終わりかと思った夏休み最終日。**明人が有空を呼び出した。**

実は明人は、有空のこれまでの言動から、このドッ禁企画の**真の首謀者は、矢野ではなく有空**だと推理していたのだ。そのことをつきつけられると有空は、自分には、**他人のSNSの投稿写真を無断で真似して**しまった過去があり、その**証拠隠滅のために今回のドッ禁企画を思いつき**、矢野をまきこんだと素直に白状した。

ただ、その話をしている間、有空はずっと、明人に対し、怯《おび》えていた。それはドッ禁の黒幕であったことが明かされたからではなく、**明人のことをずっと不審に思っていたから。**というのも、本当は、はなからドッ禁をしていなかった有空は、この夏、この企画が自分に都合よく動くようコントロールしようと、何度もドッペル再生をしていた。しかし、あろうことか有空のその**ドッペル再生に、明人はこれまで一度も、登場し**

「なあに？　明人くん。話って」

なかったのだ。その理由についてたずねられると、明人は言った。

「俺、人生でドッペル再生したこと、一度もないんだ」

ドッペル再生は、大量のデータを必要とするため、ひとりが同時に複数再生をすることはできない。しかし、明人が生まれた際、死期が近かった明人の祖父が「明人の成長した姿が見たい」と願ったことから、**明人の両親は、明人のドッペル再生の権利を祖父のために使い**、明人の祖父にドッペル再生の中で成長していく明人の「未来」を見せ続けていた。そしてその後、祖父が奇跡的に生きながらえたことから、ずっと自分のために**ドッペル再生を使うことができなかった明人**は、この春、祖父が亡《な》くなったことをきっかけにさらなる真実を知る。

実は、明人が自分のドッペルだと思っていたそのデータは、生まれてすぐに亡くなった明人の兄、「明人（あきと）」のもので、長男の死を受け入れられなかった明人の両親が、「もし生きていれば」という未練

「初孫の成長をこの目で見たい」

を捨てきれずに、再生し続けていたものだったのだ。つまり、明人自身のデータはドッペルアプリに登録されたことが一度もなく、だからこそ、有空たちのドッペル再生の世界に明人は存在していなかった。

「俺、これまでずっと、じいちゃんのために再生してるドッペルの俺になるべく添えるように、それに合わせて生きてきたんだ。でも、そのドッペルは俺のじゃなくて兄貴のだったって知って、頭がまっしろになったよ。そんな時に、河野にドッ禁に誘われて、ドッ禁にもいいところがあるって言ってもらえて救われた。だから、河野には感謝してるんだ」

その後、有空と明人の会話をスマホを通じて聞いていたほかのメンバーからも激励を受けた明人。かくして**この夏、ドッ禁を通じて自身の弱さと向き合った明人たち**はそれぞれ、**今後は未来予測に頼りすぎず、自分自身の気持ちと真摯に向き合っていくことを決意**したのであった。

「見つけてくれて、ありがとう」

そうして二学期がつつがなくはじまり、秋の文化祭が近づいてきた頃。矢野と六反田と、日常的につるむようになっていた明人は、矢野から報告を受けた。

「俺、今度こそ、有空に言うわ。ドッペル再生なしで！」

不安そうながらに、どこか清々《すがすが》しい顔をしてそう言った矢野のその背中を、もちろん明人は、「おう」と、そっと押した。

（おわり）

考察!?『3倍速ドッペルゲンガー』

文：考察ありす

「ドッペル再生」をしているかいないかによって、登場人物たちの気持ちや言動の意味が変わって見えるこの物語。真相は「藪《やぶ》の中」の部分もありますが、考察できそうなポイントが多かったので、まとめてみました！

point!
第1話 ―「ドッペル再生社会」

▼物語冒頭は、誰のセリフ？（5頁）

「あのことだけは、知られたくない」。このセリフは、**結局誰のセリフだったのか。**
有空《ありあ》のものだとすると、あのこと＝自分がパクリ投稿をしてしまったこと。琴子《ことこ》だとすると、皆を家に呼ぶ前にドッペル再生をしてしまっていたこと、もしくは皆と友だちになりたいと思っていたことでしょうか。

可能性は低そうですが、矢野《やの》だとすると、有空にドッペル内で百回告白していること。六反田《ろくたんだ》は、ドッ禁で体に禁断症状が出てしまったみじめな自分。明人《めいと》の場合、自分がこれまで一度もドッペル再生をしたことがないという事実……？

言葉選びからすると、有空か明人かなと思いますが、登場人物誰が言っていてもおかしくなさそうです。


point!

第2話 ―「ドウキ紹介」

▼章タイトルの「ドウキ」は、なぜカタカナ？（17頁）

この章で「紹介」されているものといえば、メンバーそれぞれのドッ禁参加の**「動機」**なので、順当に考えれば、「動機紹介」ということになりそう。でも、あえてカタカナになっているということは、ほかのドウキ、例えば、**「同期」**や**「動悸《どうき》」**も当てはまるのかも？　「ドッ禁を同時にする仲間である＝同期」が、互いに自己紹介をしている場面である一方で、有空は自身の計画が成功するかどうか、矢野は大好きな有空と時間を過ごせること、琴子は初めて友だちができるかもしれないこと、明人は自分の素性がバレないかどうかに対して、**ドキドキ**していたはず。つまりこの章は、それぞれはやる「動悸《どうき》」をおさえていた＝動悸紹介の回？　ということはこの時、六反田がさっさといなくなってしまったのも、塾の時間に遅れそうでドッキンドッキン（ドッ禁だけに？）していたから……。と、さすがにそれはないでしょうか。

▼ドッ禁のルール決め時の有空（22頁）

ドッ禁メンバーの顔合わせの日、空き教室に集《つど》ったメンバーは、ドッ禁のルールについて話し合っていました。そこで明人が、**そもそもそんなゲーム、成立するのか**と疑問を呈《てい》すと、**有空はさりげなく、賞品や罰ゲームを提案**し、矢野も有空の意見にそって話を進めています。その後の会話でも、そもそも優勝者はすでに決まっているのでは、という琴子の問いかけに対し、有空はすぐに**「嘘《うそ》でしょ、矢野っち……！」**と、その嫌疑を矢野に向けており、自分がゲームをコントロールしようとしていることを察知されないよう、**自分が被害者側であるかのように装《よそお》っていた**ように見えます。
ここは、**黒幕有空**のちょっぴりズルいところがたくさん出ていたシーンだった？

point!

第３話 ―「投稿と熟考」

▼「めいちゃ～～～ん」（32頁）

明人を某国民的映画の妹キャラクターに見立てた矢野に便乗した有空のこの発言。これは、やはり**あのおばあちゃんの声で脳内再生**すべきところ？　ほかにもこのグループトークのやりとりでは、**どこかで聞いたことのあるスローガン**や、あの**猫型ロボット**を彷彿《ほうふつ》とする矢野の発言がありました！

▼矢野の助け舟（37頁）

グループトークにて、ドッ禁中はこわくてＳＮＳも友だちとのメッセージのやりとりとりもできないと言っていた有空に琴子は、**「このメンバーだと元々《もともと》大して思い入れのある人間もいないゆえに、傷つけることを気にせずのびのび発言できる」**と、嫌味を言います。有空はそれに「えへ」と、場の空気を悪くしないよう、大して気にしていないそぶりを見せていますが、矢野は有空が悪者にならないよう、**すかさず話題を変え、注目の矛先を自分に向ける発言**をしています。**矢野の有空への恋情がちらついた**一幕でした。

point!

第4話 ―「第一脱落者の憂鬱《ゆううつ》」

▼六反田の謎の空白の数時間と有空のゲームコントロール（39頁）

第一脱落者となった六反田は、ドッペル再生をした証拠として、ドッペルアプリの再生履歴のスクショを皆に送りましたが、そこには**「数時間前にドッペル再生を開始した」**という記述がありました。自らの意志でドッペル再生をしたので、**ドッペル再生をした段階ですぐに皆に報告をしてもよかったはず**ですが、数時間経っていたのは、その間、ドッ禁ができなかった自分へのショックと悔しさ、みじめさなど、**いろいろな感情と闘っていた**からなのかもしれません。ドッ禁を破ったことを隠すという選択肢もありましたが、皆が楽しそうにグループトークをしているのを見て、**自分とのちがいをこれ以上見せつけられることに耐えきれなくなり**、冷静を装《よそお》って退室した……。六反田の心情を知った上で、六反田の脱退シーンを読み返すと、そのいじらしさに胸が苦しくなります。ちなみに六反田のこの脱退を受けて有空は、**すぐにもう一人脱落するのはやめよう**、と発言しており、ドッ禁があっという間に終わってしまうことを、さりげなく阻止しようとしています。

point!

第5話 ―「家系《いえけい》企画」

▼講演会と上映会の日時が、あっという間に決まった理由（49頁）

琴子が発案した講演会。その日時があっという間に決まった理由を、明人はドッペル再生を禁止された面々《めんめん》はよほど暇なのだろうと推測していますが、活発なタイプの矢野と有空は、ドッ禁中でも、**それなりに予定のある夏休みであったはず**です。ただ、有空にはこの**ドッ禁ゲームをなんとかして成立させたい**という思いが、矢野には**有空に会える機会を逃したくない**という思いがあったため、ほかのスケジュールよりもこの予定を優先させた結果、明人の目には、あっという間にスケジュールが決まったように見えていたのではないでしょうか。

point!

第6話 ─「KTK講演会」

▼資産家の娘、琴子の孤独な日々（52頁）

琴子の両親は多忙で、めずらしいインテリアから想像すると、海外出張も多いように見受けられます。きょうだいもおらず、友人もつくりづらい性格の琴子は、この豪邸で、これまでひとり、多くの時間を過ごし、本と猫に癒やされてきたのかもしれません。明人がキッチンで琴子に告げたとおり、**孤独は悪ではなく、自分軸を持てている証拠**でもあります。しかし、好奇心が強く、ドッ禁にも**「ドッペル再生できなくなっ**

た人の心理が知りたい」という理由で参加していた琴子は、**本当はずっと、とても人に興味があり、人とつながってみたいと思っていた**のかもしれません。

▼琴子の講演中、矢野と有空のリアクションが少ない理由（58頁）

矢野も有空も、この時点ですでにドッペル再生をしているため、すべてではないものの、琴子の講演内容の前半はすでに知っている状態でした。そのため、**新鮮なリアクションはできていません。**スクリーンに表示された大仰なタイトルに矢野も有空もおののいたように明人には見えていましたが、これはふたりが**（ああ、あれがはじまるのか）**と、すでに部分的に経験していた琴子の大演説の開幕に少々辟易《しょうしょうへきえき》してしまっていたから？　はじまってすぐに目配せしたのも、この先の**琴子の講演が重く小難しいものであることを知っていたから**で、質問などするともっとその時間がのびてしまうぞ、と、そのことを知らないであろう他のふたりを牽制《けんせい》していたのかもしれません。

一方、明人は、初聞きであったため、琴子の講演内容に集中しており、ほかのふたりのリアクションをあまり見ていませんでした。またこれまでのやりとりから、ふたりがこのような話が得意でないとわかっていたため、**ふたりのリアクションが薄いこ**

とに疑問を持たなかったのかもしれません。

と、この物語は、**読者の私たちと同じ「ドッペル再生未経験者」の明人の視点**で進むため、**明人の思考や反応は、現代人の私たちに近いもの**になっています。しかし、明人以外の**ドッペルネイティブ世代の視点でこの物語の世界を生きると、実は一瞬一瞬が、ちがって見えるのかも**しれません。

▼「明人にも、動画を倍速視聴した経験『は』あった。」の真意（60頁）

琴子の演説を聞きながら、動画視聴サービスが人類に倍速視聴の慣習をもたらし、その慣習がドッペル再生につながった、と説く琴子に納得している明人。**「明人にも、動画を倍速視聴した経験『は』あった」**とあったのは、倍速視聴の経験はあるけれど、ドッペル再生の経験はないということの表れでした。

point!

第7話 ―「矢野超大作上映会」

▼「琴子ちゃんはなんで、ドッペル再生するの？」の真意（79頁）

琴子の講演会後、めずらしく取り乱した有空は、まるで琴子を責めるようにこの質問を口にし、空気が緊迫しました。明人は当初、この有空の質問の真意を、**友人が少ない琴子への嫌味**ととっており、のちのキッチンのシーンでの琴子のようすから、琴子も同様の意味にとらえていたように感じられます。しかし、最後の有空と明人の対《たい》峙《じ》シーンにて、**有空が琴子に憧れに近い思いを持っていた**ことが語られていたことをふまえると、この質問は、もしかすると純粋に、有空から琴子への問いかけだったのかもしれません。

そもそも有空は、琴子が日常的にドッペル再生をしていたかどうかは知らないはず。それでも琴子がドッペル再生をしていることを前提として、この質問を投げかけているのは、**有空がドッペル再生で、この日、琴子がドッ禁を破り、すでにドッペル再生をしていたことを知っていたから。**有空は、ドッ禁によって新しい自分に生まれ変わろうとしていましたが、その指針になりそうと思っていた琴子ですら、すがるようにドッペル再生を何度もしてしまっていたことを知り、不安になっていたのかもしれません。自分軸を持っている琴子ですらそうならば、ドッ禁が終わり、この夏が過ぎても、**自分はこのままずっとドッペル漬けの人生を生きるのでは……。**この時の有空の問いかけは、琴子に救いを求めていて、しかし、琴子すら答えを持っていないことを知ることがこわくて、有空はその後、琴子を追ってキッチンへ行くことができなかった……のかもしれません。

▼矢野の渾身《こんしん》の問いかけに、琴子が一瞬で答えられてしまった理由（88頁）

動画内の朝ごはんは、誰のものか。矢野が満を持して問いかけたその質問に、**琴子と有空はあっさりと正解**します。矢野と元々《もともと》仲のよかった有空は、動画の中の登場人物が矢野の家族であることを知っており、動画の風景が矢野の家であることをすぐに察してもおかしくありません。しかし、琴子は矢野の家族構成も矢野の家も知らなかったはずで、「超大作」と銘打ったからには、コミュニケーションおばけである**矢野が、誰かに出演協力を頼んで動画を撮ったと思っても不自然ではない**はずです。それでも琴子が、朝ごはんが矢野のものであると即答したのは、**琴子がドッペル再生内で、すでに矢野の謎解きを見ていたから**だったのでしょう。**あっさり正解してしまうと、ドッペル再生したことがバレてしまう**可能性があるにもかかわらず、**プライドが高く不器用な琴子**は「わからない」と言うことができなかったのでしょうか。対して、有空はというと、ドッペル再生で事前に答えがわかっていても、**みごとにとぼけることができそう**ですが、ここで琴子に合わせて正解を口にしたのは、**琴子がすでにドッペル再生をしていることがここでバレてしまうことを防ぐため**だったのではないかと考えられます。琴子が皆に糾弾され、ヘソを曲げてしまってドッ禁から離脱する。それはそれで、ドッ禁ゲームに波をつくれそうですが、**事前にドッペル再生で琴子の涙を見て、琴子の自分たちに対する気持ちや努力を知っていた有空**は、**琴子を傷つけたくない**という気持ちになり、琴子に合わせることで、**「矢野の謎解きは、皆がすぐにわかってしまうくらいにかんたんだった」**と見せられるようにしたのでは……。また、直前に琴子に詰め寄ってしまったことへの**贖罪《しょくざい》の気持ち**もあったのかもしれません。ただ、矢野としてはあっけなく謎が解かれてしまい、メンツがつぶれるかたちになってしまったため、その後の明人の推理ショーでは、有空はそれをフォローするように素直に矢野をほめたたえています。

▼矢野超大作の種明かしをはじめた明人に、有空が興味を持った理由（90頁）

矢野に、**「めいちゃんは、答え、わからなかったよね？」**とすがられた明人は、まよったすえに、自分の推理を披露しようとします。その時、明人のその発言に対し、**「有空の目に興味が灯《とも》った」**と明人は感じていますが、ドッペル再生ですでに答えを知っていた有空は、明人の種明かしの内容に興味を持っていたわけではなく、**事前のドッペル再生では矢野自らが行っていた種明かしを、明人がしようとしているという「予見していた未来とはちがう現実」に興味を持っていた**のかもしれません。

point!

第8話 ―「名探偵☆めいちゃん」

▼矢野父母は、本当に仲が悪い？（92頁）

明人の推理ショーでは、**「夫婦の会話がないこと」を指摘されていた矢野の父母。**確かに矢野の映像作品を見るかぎりでは、明人の推理に筋は通っていますが、矢野が

その後、**「本当は別日の映像つないでんだけど、つながりがおかしくなんないように**
リビングのものの置き場所とかチェックして、結構大変だった」と映像の制作秘話を明かしていることから、実はお父さんとお母さんが**食パンと牛乳を買ってきた日は、別の日だった可能性**があります。お父さんが帰ってきた時、水仕事をしていたはずのお母さんが挨拶をしなかったのは、**水の音でお父さんの帰宅に気がつかなかったという可能性**もあり、もしかすると、**本当の矢野家は、矢野の映像「作品」とはちがう雰囲気**なのかも?

そう考えると、**撮り方ひとつで夫婦関係をこじらせて見せた矢野の動画制作の手腕**は、もう少し評価されてもよかったのかもしれません……!

▼琴子が明人の推理を感心したようすで聞いている本当の理由(93頁)

意気揚々《ようよう》と推理を披露している明人を、琴子が感心したようすで見ているシーンがあります。明人はそれを素直に、推理に対するものだと思っていますが、実際は、**琴子はすでにドッペル再生で、矢野の謎解きを聞いている**ため、推理の内容そのものは知っていたはず。それでも「感心」していたのは、(こんなにすらすらと謎解きをしているということは、荻原《おぎわら》くんもドッペル再生を見てきたのでしょうか。にもかかわらず、こんな堂々《どうどう》と自分の手柄のように推理を披露するなんて、肝が据わっていますね）という、**あきれに近い心情**だった可能性も？

point!

第9話 ―「腹に一物《いちもつ》さらに密約」

▼有空の手土産が簡易包装だったのは、琴子への気遣い（112頁）

キッチンでの明人と琴子のシーンでは、お菓子のボウルの中に**有空が手土産として持ってきた「簡易包装の一口マドレーヌ」**が入っています。インフルエンサーであり、プチギフトのおしゃれな包装方法なども発信している有空であれば、**もっと派手なお土産を持ってくることもできたはず。**有空に好意を持っている矢野をドッ禁企画で利用していることに罪悪感をおぼえ、矢野のためにも少し**値の張るおしゃれな手土産や手づくりの品を持ってきてもおかしくなかったはず**です。しかし、有空がこの、おいしいけれど、見た目は素朴で、日持ちのする無難な手土産に落ちついたのは、**琴子の**

ため。ドッペル再生で、琴子がせいいっぱい皆をもてなそうと努力をしていることを知った有空は、**自分が派手な手土産を持参すると、琴子の用意したもてなしが霞《かす》む恐れがある**ことに気づき、**手土産のチョイスを変更**したのではないでしょうか。

▼「荻原くんは、猫アレルギーですか？」は、琴子のカウンターパンチ（114頁）

琴子がドッ禁をやぶったことに気づいていることを示唆した上で、「琴子が本当は気遣い屋であり、有空や矢野と友だちになりたいと思っているのではないかということ」に触れた明人に、琴子は混乱と羞恥心でぐちゃぐちゃになった思考のまま、なんとかカウンターパンチをくり出します。これは、**「ドッペル再生で、矢野くんが猫アレルギーであることはわかりましたが、荻原くんが猫アレルギーかどうかはわかっていません。ドッペル再生に、荻原くんは出てこなかったからです」**という、**「ドッペル再生に明人がいないこと」**に**琴子が気づいている**ことを知らせるセリフです。しかし、明人に「たぶん、ちがうと思う」とかわされ、ふたりきりの空間で、これ以上深入りすることがおそろしくなった琴子は、いそいそと有空たちのもとへ戻ろうとしたのでした。

point!

第10話 ―「草むしり無視無理め」

▼矢野の謎処罰（119頁）

六反田を殴った罰として、草むしりを命じられた矢野。草むしりといえば、王道は、普段手入れがされていない校舎裏のイメージ。校舎前の花壇は**専門の業者や園芸部などがきちんと手入れをしていそう**です。それでもその花壇の草むしりが矢野の罰になったのは、その場所が教員室から見える場所で、**熱中症対策がしやすかったから**？

また、矢野のようなタイプの場合、単なる肉体労働よりも、短時間でも「人目に触れる場所で、いかにもな罰を受ける」という姿をさらされた方が効果的だと思われたのかもしれません。そうだとすると、なかなか**意地の悪い罰**です。だからこそ明人と六反田は、矢野をひとりにしないよう、矢野の元を訪れて、矢野への注目を分散させようとしたのでしょうか……？

point!

第11話 ―「黒幕たちの舞台裏」

▼スマホをにぎっていた有空は、グループ通話に気を遣い、言葉を選んでいた(142頁)

明人との待ち合わせで公園にやってきた有空は、最初からずっと、**手にスマホをにぎっています。**そのことについて明人は途中、明人に対して警戒している有空が、何かあればすぐに警察に通報できるようにしているのだろうと勘繰っていましたが、実際には、有空のこのスマホは、**琴子たちとのグループ通話につながっていました。**

そのため有空は、明人との会話中も、ところどころ、琴子たちに気を遣い、言葉を選んでいます。矢野が六反田を殴った事件について、自分が誘導したわけではないと信じてほしいと言った際も、**有空はその思いをスマホの向こうに伝えるように、スマホを思わずぎゅっと握っていました。**

また、有空の最初のドッペル再生に表示された未来では、琴子が泣いていたと話した際には、このことを皆に聞かれたくなかったであろう琴子のことを思い、**言葉をにごしています。**逆にその後、琴子への思いを、ことこまかに話したのは、矢野と六反田にも、琴子の真の魅力を伝えると同時に、自身の失態について弁明をしたかったからなのかもしれません。

▼有空はわざと嫌われようとしていた？（143頁）

「人に嫌われることが苦手」と言っていた有空ですが、明人に呼び出され、黒幕であることを指摘されてからしばらくの間、有空は、**ドライな悪女**を演じるかのようにクールにふるまっています。これは、**自分がしたことへの罪悪感から、自分にとっていちばん堪《こた》える「明人たちから嫌われる」という罰を自分に与えようとしていた**がゆえの行動だったのかもしれません。

point!

第12話　―「未来かくれんぼ」

▼章タイトル「未来かくれんぼ」の意味（190頁）

この夏を通じ、**いくら高度な技術、精密な機械で予測したところで未来は変わる可**

能性があり、なにが起こるかわからない未来にみんなでえいっと飛びこんでみると、**想像もできなかった楽しい経験ができるかも**しれないということを学んだ明人たち。

このタイトルには、**「隠れている不確かな未来を、かくれんぼのようにみんなで楽しんで見つけよう！」**というわくわくした気持ちがつまっているのかもしれません。

また、「かくれんぼ」は、**「かく」**と**「れんぼ」**という言葉にも分けられることから、矢野の有空への**「恋慕」**が未来を**「描く」**力になる、という希望もこめられているのかも？　矢野の告白は、果たしてどうなったのか。いろいろな可能性を想像したくなります！


この物語の核となっていた「ドッペル再生」。

この技術は、はたして是なのか非なのか。

自分ならどう使うか。はたまた使わないのか。

それぞれのドッペル再生の物語を考えてみるのも楽しそうです！

参考文献
稲田豊史著『映画を早送りで観る人たち』、光文社、2022年
レジー著『ファスト教養　10分で答えが欲しい人たち』、集英社、2022年
松浦壮監修『はじめてでもわかる 量子論』、ニュートンプレス、2023年
和田純夫監修『ニュートン式 超図解 最強に面白い!! 量子論』、ニュートンプレス、2020年

久米《くめ》 絵美里《えみり》
1987年、東京都生まれ。慶應義塾大学法学部政治学科卒。「言葉屋」で第5回朝日学生新聞社児童文学賞、『嘘吹きネットワーク』（PHP研究所）で第38回うつのみやこども賞を受賞。
作品に「言葉屋」シリーズ、『君型迷宮図』（朝日学生新聞社）、『天国にたまねぎはない』（幻冬舎）、『忘れもの遊園地』（アリス館）など。

森川《もりかわ》 泉《いずみ》
神奈川県在住。会社員を経てイラストレーターとなる。
挿絵を担当した作品に「満員御霊！ゆうれい塾」シリーズ（ポプラ社）、「ピッチの王様」シリーズ（ほるぷ出版）、『トップラン』（国土社）、『わたしたちの物語のつづき』（あかね書房）、『かたづけ大作戦』（金の星社）、など。

本書は、「朝日中高生新聞」2024年4月～9月に連載された「3倍速ドッペルゲンガー」を加筆修正し、再構成したものです。

3倍速ドッペルゲンガー
2024年11月30日　初版発行

著者　久米 絵美里
絵　森川 泉
デザイン　岡本 歌織＋前川 絵莉子 (next door design)
発行人　田辺 直正
編集人　山口 郁子
編集担当　郷原 莉緒
発行所　アリス館
東京都文京区小石川5-5-5　〒112-0002
TEL 03-5976-7011　FAX 03-3944-1228
https://www.alicekan.com/
印刷・製本　株式会社精興社

ISBN978-4-7520-1110-1　NDC913　228P　20cm